David Mamet

Ende der Jagdzeit

David Mamet

Ende der Jagdzeit

Hollywood, Bad Boys und sechs Stunden Poker in Perfektion

Aus dem Englischen von Bernd Samland

Deutsche Verlags-Anstalt
Stuttgart München

Die Originalausgabe erschien 1999 unter dem Titel »Jafsie and John Henry« bei The Free Press, New York

Dank an David Daiches für die Einblicke in seinem Buch »Scotch Whisky: It's Past and Present«, Macmillan 1970

Die Deutsche Bibliothek – CIP-Einheitsaufnahme
Ein Titeldatensatz für diese Publikation ist bei
Der Deutschen Bibliothek erhältlich

Satz: EDV-Fotosatz Huber/Verlagsservice G. Pfeifer, Germering
Druck und Bindung: Clausen & Bosse, Leck
Diese Ausgabe wurde auf chlor- und säurefrei gebleichtem, alterungsbeständigem Papier gedruckt.
Printed in Germany
ISBN 3-421-05491-6

Für Shel

Inhalt

Einleitung 9
Fünfzig vor Augen 13
Fünf Meilen zu Fuß 17
Glückliche Tage jugendlicher Unschuld 21
Schwarzer Kaschmirpullover 27
Bullen und Autos 33
Sechs Stunden Poker in Perfektion 37
Scotch Malt Whisky Society 49
Messer 73
Schirmmützen 83
Photographien 85
Das neue Haus 91
Produzenten 99
Wohnen in L.A. 105
Karmann Ghia 113
Smash Cut / Harter Schnitt 119

Das Drehbuch und die Landesausstellung 127

Bad Boys 133

Resorts / Erholungsorte 143

Noah 153

Das Kind des Feuerwehrmannes 159

Arm, aber glücklich 163

Brompton Cocktail 167

Warum schreiben Sie nicht mit einem Computer? 179

Fahrschule für Rennfahrer 183

Domizil 193

Der 24. Dezember 203

Ende der Jagdzeit 207

Einleitung:
Zwischen Jafsie und John Henry

Ich weiß nicht, wie ich es geschafft habe, kein Verbrecher zu werden.

Mein ganzes Leben, solange ich mich erinnern kann, habe ich einen immer wiederkehrenden Traum gehabt. In dem Traum bringe ich jemanden um. In dem Traum sage ich mir, daß ich diesen Traum schon gehabt habe, daß der Mord in Wirklichkeit nicht passiert ist, daß alles nur ein Traum ist. Dann werde ich von einem Wirklichkeitsgefühl übermannt, und ich weiß über jede Gewißheit hinaus, daß der Traum diesmal Wirklichkeit ist, daß ich getötet habe und daß die ganze Welt gegen mich ist.

Flughafenpolizisten, Zollbeamte, Grenzschutzbeamte scheinen mich interessant zu finden. Ich spüre, sehe, wie sie ein zweites Mal glotzen oder filzen, und wenn ich es merke, muß ich aufstöhnen – was sie gewiß in ihren Ahnungen und Verdächtigungen weiter bestärkt. Der Seufzer als Schuldgeständnis, aber die Wahrheit ist weniger bitter. Sie mustern einfach jemanden, der weiß, daß er nicht dazugehört.

Das ist eine vielleicht mehr als nette Darstellung der Situation des Schriftstellers, und ich entschuldige die unentschuldbare Stilistik nur, weil sie zufällig etwas Wahres trifft – die Grenzschützer und so weiter mustern keinen Verbrecher, aber doch jemanden, der sich bemüht hat, keiner zu werden.

Wir können die Faszination, die wir Amerikaner für die Polizei empfinden, als ein verzweifeltes Bedürfnis deuten, die Existenz eines Über-Ichs zu bestätigen oder zu stärken. (Eric Hoffer hat geschrieben, daß in Ländern, wo Freiheit herrscht, jedermann Gleichheit verlangt, will sagen: Herrschaft/Kontrolle.)

Also ist vielleicht meine Erscheinung für die Polizei keine Nebenwirkung, sondern eine (ob nun unbewußt oder nicht fabrizierte oder übertriebene) Pose, ein Anruf an jene Mächte, die angeblich die Herrschaft haben, mir zu erlauben, meine – im wesentlichen – Harmlosigkeit zu demonstrieren.

Der Sicherheitsexperte Gavin de Becker hat geschrieben, daß es für den gesellschaftlichen Außenseiter manchmal besser ist, von der Polizei gesucht zu werden, als gar nicht erwünscht zu sein.

Ich würde gern durchs Leben kommen, ohne mich zu blamieren.

Für den Künstler muß das seltsamerweise heißen, sich nicht an den Gesellschaftsvertrag zu halten, sondern sich ihm zu widersetzen – das Unannehmbare auszusprechen oder doch dazu bereit zu sein.

Der Erfolg macht den Bilderstürmer hoffähig und versetzt ihn damit in die seltsame Position, als Abweichler Unterstützung erfahren zu haben.

Der Wahrheit sozusagen getreu das Wort geredet zu haben und dabei nicht nur der Mißbilligung entgangen zu sein, sondern auch noch Lob eingeheimst zu haben, bringt den Künstler in die Position des Lebkuchenkerls: Er wird letzten Endes gefressen.

Aber die Wahrnehmungen ändern sich. Weder der

Künstler noch sein Publikum sieht nach zwanzig Jahren die Welt noch auf dieselbe Weise – die Welt selbst ist natürlich auch nicht mehr dieselbe.

Es war bequem, sich in der Bilderstürmerei einzurichten, im grellen Scheinwerferlicht des Grenzschutzes, und daran zu arbeiten oder dafür zu posieren, diesen kritischen Blick zu verdienen; aber so gut und schön das alles auch ist, es ist wahrscheinlich nicht das Projekt, das in Einsamkeit ausgeführt werden muß, als Schöpfungsakt eben und nicht nur als bloße Reaktion.

Jafsie war eine zwielichtige Figur im Fall der Lindbergh-Entführung. Er bot sich freiwillig als Vermittler an und war möglicherweise an dem Verbrechen beteiligt.

John Henry hat sich im Gebirge einen Kampf mit einem Dampfbohrer geliefert und damit, mit seinem zeitweiligen Sieg über die Maschine, hat er weitaus mehr und etwas ganz anderes als nur den Grundstein zu seinem eigenen Stolz und Ruhm gelegt.

Vielleicht war Jafsie ein Verbrecher, und vielleicht war John Henry ein Tor.

Ich lege diese Essays als Beispiele meiner Suche nach einem neuen Modell oder Vorbild vor.

David Mamet

Fünfzig vor Augen

Ich habe einen Lackmustest, eine Liste von Fragen, die mir die Entscheidung erleichtert, welche Filme ich mir ansehe.

Jeder Film, der auch nur eines der nachfolgend aufgeführten disqualifizierenden Elemente aufweist, verliert an dem Punkt, wo das Ausmaß des Verstoßes erkennbar wird, jedes weitere Anrecht auf meine Zuschauerschaft.

Jede Verwendung von Händels *Messias*, Vivaldis *Vier Jahreszeiten* oder Pachelbels *Kanon*; jede Zeitlupensequenz eines liebenden Paares im Freien; jede Schärfeänderung von Gras, Weizen oder anderen Pflanzen auf einem entfernten Gegenstand; eine Liste von sieben oder mehr Personen, deren Titel in irgendeiner Form das Wort »Produzent« enthält; jede Einstellung, die den Protagonisten sich mit ausgebreiteten Armen langsam drehend zeigt; ein Text im Vorspann, der da lautet: »nach einer wahren Begebenheit«; und, für mich ein nie versagendes diagnostisches Mittel, ein Partizip Präsens im Titel.

Warum aber nun wieder dieses so plötzliche Flügelschlagen? Ich habe folgende Theorie: Das Partizip Präsens bezeichnet einen sich noch im Ablauf befindenden Prozeß. Die dramatische Form hingegen erfordert einen Prozeß mit einem deutlichen Anfang und Ende.

Wenn wir ins Kino gehen, uns einen Film ansehen, werden wir in einen länger währenden Prozeß einbezogen, in einen »Zustand« versetzt, der sich, wenn überhaupt, am Ende des Films nur graduell verändert hat.

Ja, wir nehmen keine große Rücksicht, aber wir könnten ein bißchen mehr Rücksicht nehmen; ja, wir tun uns schwer, uns verständlich zu machen, zu »kommunizieren«, aber vielleicht besteht ja doch noch Hoffnung; ja, Männer und Frauen sind völlig verschieden, aber vielleicht können wir ja, in unserer Verschiedenheit ... und so weiter. Da seh ich mir doch lieber Vögel in der Mauser an.

Und doch habe ich, *grossièreté maudite*, diese Kladde mit den Worten überschrieben: »Fünfzig vor Augen«.

Zur Entschuldigung meine Ausrede: Ich habe die Fünfzig vor Augen.

Wenn wir jung sind, erscheint uns Geschichte erstens als »Das Gestern« und zweitens als »Die Dinosaurier«. Während wir uns dem uns zugedachten Alter nähern, fällt die Geschichte in sich selbst zurück wie die Schwarzen Löcher, von denen die *New York Times* so gern berichtet – ein Jahrhundert, das für die Jugendlichen unvorstellbare Äonen lang ist, scheint uns auf das leicht Faßbare geschrumpft (ich habe einmal Kaffee mit einem Taxifahrerkollegen getrunken, der in seiner frühen Jugend Robert Todd Lincoln, den einzigen überlebenden Sohn Abraham Lincolns, gefahren hatte).

Man sieht, daß die menschliche Natur unwandelbar und gleichbleibend schlecht ist und daß man selbst, wie seine Mitmenschen, das Vorrecht genießt, an deren schlimmsten Seiten teilzuhaben. Und während unsere Natur und Veranlagung widerlich, grausam und im besten Falle jämmerlich bleiben, verschwören sich die materiellen Umstände im Laufe eines Lebens dazu, sich auszuweiten, zu degenerieren und damit das Leben jener verbleibenden Reinheiten zu berauben, die der Fortschritt noch nicht in Verderbtheit geführt hat.

Wir erkennen, daß Gestern und Heute, der Zornige Junge Mann und der Alte K(n)acker eins sind. Der erstaunliche Durchbruch erweist sich am Ende wieder als die Geißel der Menschheit, und »so ist es nun mal auf dieser gemeinen Erde« – der historische Prozeß geht weiter, ohne daß sich die Geschichte ändert, bis auf kleinere oder größere neu entdeckte Torheiten. Die Geschichte wird so ähnlich enden, wie sie begonnen hat, und keiner hat etwas daraus gelernt.

Ja, ja, wie in einem schlechten Film wird dieser oder jener an einem Sterbebett oder einer Bahre sagen: »Wie anders doch jetzt alles ist«, »O welch ein edler Geist ist hier zerstört«, oder gar: »Was für ein Verlust für die Gemeinschaft der Autoverkäufer«, und das Rad dreht sich weiter.

Ich habe die Schnauze voll davon, jung zu sein. Ich bin schon seit Jahren nicht mehr jung.

Ich *bin* wie Maurice Chevalier »froh, daß ich nicht mehr jung bin«, und am liebsten würde ich einfach fünfzig werden, und dann hätte ich's hinter mir.

Dabei bin ich schon seit Jahren, auch wenn ich mich immer als den jungen Spund sehe, der Älteste im Probenraum, auf dem Film-Set et cetera; auf Leute, die älter sind als ich, stoße ich, wie mir scheint, mit einiger Regelmäßigkeit nur aus Anlaß irgendwelcher Ehren-Dinners, wobei ich mich oft in der Rolle des Laudators finde, und was kann das anderes bedeuten, als daß ich mich bald, wenn Gott es gut mit mir meint, selbst in der noch weniger haltbaren Position dessen befinden werde, der geehrt wird – dem Redner lauschend und mich gleichzeitig bemühend, die Gesichtszüge zu jenem Ausdruck zu zwingen, der Bescheidenheit, Interesse, Rückblick und Dankbarkeit vereint, ein schwieriges Unterfangen, das doch sehr an die Mühen jener Varieté-Artisten erinnert, die auf Stäben Teller jonglieren.

Allein der Titel dieses Essays ist ein schlagender Beweis für das Nachlassen meiner Kräfte – Kräfte, die nicht mehr ausreichen, etwas zu schaffen, die nur noch reichen, jenen zu danken, deren Lob für ein gut und sinnvoll geführtes Leben, für eine Lebensleistung und so weiter, nur heißen kann und muß, daß sie einem den Tod wünschen. Die Undankbaren. Haben sie denn nie *König Lear* gelesen, und sind sie denn gar nicht zugänglich für Bildung und Weisheit, fähig zu wahrer Dankbarkeit, oder kurz gesagt, der Ehrfurcht vor denen, die älter sind als sie?

Der Stoiker hat geschrieben: »Du wirst dich dem hohen Alter nicht stellen müssen; jener Mann wird von den Göttern trainiert.« Und so muß es sein. Die ältere Frau behängt sich übermäßig mit Armschmuck und setzt eine übergroße Brille auf, der erschöpfte Schriftsteller wendet sich der Politik zu, die Lasterhaften entdecken Gott, und die Geschichte geht weiter, nicht nur, um zu implodieren, sondern um ihre Implosion unerträglich zu beschleunigen.

Doch nein, die Zeit kann so wie das Leid nicht unerträglich und auch noch unendlich sein – außer natürlich in einem französischen Film, den ich auf meiner Disqualifizierungsliste eingangs vergessen habe, und vielen Dank auch für Ihre Zeit.

Fünf Meilen zu Fuß

Es gab rein gar nichts zu tun.

Abends haben wir den Ball aufs Garagendach geworfen, tagsüber hätten wir das nie gemacht.

Es war ein vorzügliches Spiel. Der eine hat den Ball auf das nur schwach geneigte Schrägdach geworfen und ihm dabei einen schwer erkennbaren Drall gegeben. Der andere mußte dann ahnen, wo er herunterkommen würde, um ihn aufzufangen, bevor er auf den Boden fiel.

Oder wir sind eine halbe Meile zum Basketballfeld gelatscht, aber wir waren klein, und der Korb, der nur aus einem Ring bestand, war so hoch, und keiner von uns war ein guter Spieler.

Also haben wir zum Spaß Huckepack gespielt. Ich konnte diese beiden Würfe: mit dem einen ließ ich den Ball auf dem Boden auftrumpfen und dann in den Korb segeln, bei dem andern stand ich an der Freiwurflinie, den Rücken zum Ring, und wuchtete den Ball über meinen Kopf.

Oder wir liefen rum und redeten und kamen dabei auf allerlei Themen, von denen ich mich nur an das eine erinnere: Sue Ann und ob sie wohl, und wie oft, bis zum Letzten gegangen war, und das mit wem.

Oder wir sind die fünf Meilen zu Fuß zur Eisbude an der U. S. 30 gegangen, das ist der Lincoln Highway.

Der beginnt in Boston und führt nach Westen bis zu James Frasers Statue *End of the Trail* in Kalifornien. Er taucht auf in Woody Guthries Song *Hard Traveling (»I've been hitting that Lincoln Highway / I thought you knowed ...«)*, und er tauchte auch in einem sprachwissenschaftlichen Seminar als die *greasy/greazy line* auf, die als Grenze zwischen Nord- und Südstaatenaussprache gilt, zwischen stimmhaftem und stimmlosem *s*. Unternehmungslustigere Jungs, die unter der Last des Vorstadtsommers zu verdorren drohten, mögen davon geträumt haben, dem Lincoln Highway westwärts zu folgen.

Wir konnten nicht sagen, daß wir zum Highway marschiert wären, wir haben uns die trostlosen fünf Meilen regelrecht geschleppt, haben uns unsere Eistüten geholt und uns dann die fünf Meilen zurückgeschleppt, um in unserem Mittleren Westen den Nachmittag auszusitzen und auf die Abenddämmerung zu warten. Gegen Abend haben wir dann Ball-auf-dem-Dach gespielt, Rutsch-weiter-Peggy, Huckepack oder Siebzehn und Vier. Wir sind zum Golfplatz gegangen, unter dem Zaun durchgekrochen und haben die Fähnchen geklaut.

Hin und wieder sind wir mit dem Zug in die Stadt gefahren. Unbefugtes Betreten und Klettern war unser Ziel.

Wir sind in die Trägerbalken von Brücken geklettert. Wir sind in Gebäude eingebrochen, die noch im Bau waren, und haben uns drinnen umgesehen. Wir sind ins Museum gegangen und haben den Tag damit verbracht, inmitten der Karyatiden in zehn Metern Höhe die Giebelfronten abzugehen.

Wenn ich für mich allein war, habe ich den Tag in der Stadt mit Ladendiebstählen verbracht.

Oder ich habe die Bibliothek heimgesucht. Ich bin an den Regalen entlang gegangen – der Fußboden bestand aus Glasbausteinen, und die haben mich fasziniert. Wenn ich einen vielversprechend aussehenden Roman gefunden hatte, habe ich ihn im großen Saal gelesen, dann habe ich mir einen anderen gesucht und den gelesen, bis es Zeit war, nach Hause zurückzukehren. Und als älterer Jugendlicher, da wohnte ich in der Stadt, habe ich mich abends in ein Sportsakko geschmissen, mir einen Schlips umgebunden und bin runter zu den Hotels gegangen, wo ich mir einen leeren Ballsaal suchte, in dem ich im Dunkeln Klavier spielen konnte.

Einmal bin ich von einer Welle in den See gespült worden. Und einmal habe ich eine Nacht und einen Morgen am Strand verbracht, krank vor Übelkeit, groggy von Drogen und mit Halluzinationen.

Einmal, in einer Winternacht, habe ich mit einer Drehung des Lenkrads die Kontrolle über ein Auto verloren und dabei fast nicht nur mich ums Leben gebracht, sondern auch das Mädchen, von dem wir meinten, ich hätte sie geschwängert, und das alles am Ende einer Reise auf der Suche nach einem Abtreibungsarzt.

Ich habe Tornados in der Stadt erlebt und das nasse Blut eines Freundes aus der vierten Klasse auf dem Gassenboden gesehen, nachdem er von einem Auto überfahren worden war.

Ich habe gewohnheitsmäßig im neunzehnten Stock eines Wohnhauses auf der Balkonbrüstung gelegen und mich in Schlaf zwingen wollen, mit dem Gedanken, wenn ich jetzt auf die eine Seite rolle, muß ich sterben, wenn aber auf die andere, bleibe ich am Leben.

Ich erinnere mich an die Personenzüge vom Illinois Central, vier Straßen entfernt von meinem Haus, abends, und an die langsamen Güterzüge mitten in der Nacht, und vielleicht habe ich oder auch nicht gedacht, daß ein unternehmungslustigerer Kerl möglicherweise davon geträumt hätte, mit diesen Zügen nach Süden zu fahren.

Ich erinnere mich, daß ich im Hyde Park Mädchen den Hof gemacht habe, und ich weiß noch, wie unendlich lang ich um ein, zwei, drei Uhr auf einem Bahnsteig auf den Zug gewartet habe, der mich nach Hause bringen sollte. Und anscheinend habe ich auch meine Initialen und die eines der Mädchen in eine Bank auf einem Bahnhof geschnitzt, dessen Name mir leider entfallen ist.

Ich habe mir beim Football die Nase gebrochen, ich bin auf eine Central High School und ins Bijou Theater gegangen, aber nichts davon ist mir jemals anders vorgekommen als sehr seltsam.

Glückliche Tage jugendlicher Unschuld

Vor dreißig Jahren bin ich nachmittags mit einer großen Tasse Kaffee mit wenig Milch drin und einer Schachtel Camel ins Waverly Theater gegangen, und ich hab die Schauspielschule geschwänzt, um mir zwei Filme im Double feature anzusehen, rausgekommen bin ich erst abends, um zur Arbeit zu gehen. Ich habe als Platzanweiser, dann als Theatersaalmeister und dann als Hilfsinspizient für *The Fantasticks* gearbeitet.

Nach der Arbeit bin ich die siebzig oder mehr Blocks über die Sixth Avenue und durch einen Winkel des Parks zur 71. Straße und Columbia nach Hause gegangen.

An Wochenenden haben mich die Jungs aus der Show zum Brunch im Pam Pam in der Seventh Avenue eingeladen, und sonntags zwischen den Vorstellungen zu einem Drink, eine Bloody Mary oder zwei, zu Asher's in der Christopher Street, und ich nehme an, sie wollten mich umgarnen, auch wenn ich ihnen damals wie ein ziemlich ungeformtes Ding vorgekommen sein muß, aber das war für sie wohl der Reiz.

Mein Mitbewohner studierte Tanz am Juillard Institute, und er brachte dauernd vollendete sechzehnjährige Ballerinas mit nach Hause. Er hatte das Schlafzimmer, und ich hatte die Couch im Wohnzimmer. Eines Abends stand um elf Uhr die lange Jenny Hobs vor der Tür, warf einen Kater ins Zimmer und sagte dazu: »Der gehört dir. Er hört auf den Namen Leonard.« Ich habe das Tier ein Weilchen behalten, es war eine schwierige Zeit, und schließlich habe ich den Kater irgendwo abgeladen.

Eines Nachts dann bin ich morgens um vier aufgewacht und hörte im Radio, das ich angelassen hatte, daß Bobby Kennedy erschossen worden war. Ich mußte bei laufendem Radio eingeschlafen sein. Ich war in jenen Tagen ziemlich einsam. Einmal habe ich mitten in der Nacht WMCA gehört, »Ein Sweatshirt für den Richtigen«, ein Programm mit Hörerbeteiligung, und gefragt wurde nach dem Namen der schönen Französin in der Gary-Moore-Show, und da ich wußte, das war Denise Lor, habe ich angerufen und den Namen gesagt, und einen Monat später steckte in meinem Briefkasten ein Sweatshirt, und ich war ganz von den Socken, wie klein man so was zusammendrücken kann.

Schräg gegenüber wohnten zwei außergewöhnliche junge Frauen, beide klein und wunderschön. Die eine war muskulös, sie war Trapezkünstlerin im Zirkus, die andere zart und zierlich, eine Irin, und ich habe mich ein ganzes einsames Jahr nach ihr verzehrt, und nach Ablauf dieses Jahres, und nach meinem Auszug, erfuhr ich, daß sie sich ebenfalls in mich verguckt hatte. Ich war ausgezogen, weil ich einen Job im Sommertheater weit draußen an der Spitze von Long Island ergattert hatte, und das mag das einzige Mal, oder zumindest eins der wenigen Male, gewesen sein, daß ich je als Schauspieler engagiert worden bin. Und dann habe ich die 71. Straße verlassen.

Ich weiß noch, daß Nahrungsmittel damals für mich sehr wichtig waren. Ich habe ganze Tage von einer Schüssel Reis mit Bohnen gelebt, zu der ein kleiner Brotkorb serviert wurde. Wenn ich besser bei Kasse war, leistete ich mir eine Tasse Café au lait und die gelegentlich im Preis reduzierten Maduros fritos. An Wochenenden lebte ich von einem halben Liter Milch und einer Packung Milano-Kekse.

Wie sehr ich sie alle beneidete, die, von mir aus der Ferne betrachtet, es geschafft zu haben schienen; da stimmte alles, Gesellschaft, Schützenhilfe – Zukunft und Karriere waren gesichert. Ich lief wie im Nebel durch die Gegend. Am glücklichsten war ich beim Gang über die Sixth Avenue. Woran ich dachte? Ruhm, Erfolg, Liebe, akzeptiert zu werden. Silvester 1967 bin ich mit einem Bullen zusammengestoßen, und die Kids veranstalteten um Mitternacht eine Schneeballschlacht auf dem Washington Square.

Und ich weiß noch, daß ich eines Abends mit einem Schauspieler aus den *Fantasticks* in der Bleecker Street was trinken gegangen bin, und er hat mir eine Margarita spendiert und gesagt, ich solle mich immer daran erinnern, daß er mir meine erste Margarita ausgegeben habe, und ich erinnere mich daran.

Ich erinnere mich an die Nachmittage im Café Figaro und an den Jazz im Top of the Gate, an Kenny Rankin im Bitter End und an Steve Martin im Bitter End, und ich erinnere mich, daß ich in der Beleuchtungskabine auf dem ächzend keuchenden handbetriebenen Lichtpult die alte komplizierte Überblendung am Ende der *Fantasticks* gesteuert und alle und alles in Dunkelheit getaucht habe.

Vor Ewigkeiten habe ich gelesen, daß die Künstler in den zwanziger Jahren deshalb nach Greenwich

Village zogen, weil die Straßen dort klein und verwinkelt waren und die Schuldeneintreiber nur unter Mühen ihren Weg fanden.

Jahre später ist mir aufgegangen, daß das Unsinn war und daß es keine hartnäckigeren Menschen gibt als Schuldeneintreiber. Daß sie unendlich hartnäckiger sind als Künstler, und daß die Künstler aus einem anderen Grund nach Greenwich Village gekommen sein müssen. Vielleicht sind sie hergekommen, weil sie Liebe suchten und guten Kaffee trinken wollten, weil hier immer wieder abenteuerlustige Jugend herbeiströmte und vorhanden war und weil die ganze Gegend eine erlaubte sehnsüchtige Nachdenklichkeit besaß.

Würde ich es anders machen, wenn ich noch einmal zurückkehren könnte? Tja, ich kann nicht zurück.

Und ich erinnere mich an die Thompson Street, im Bett mit einer reizenden jungen Frau, wir waren eingeschlafen und hatten die Kerze zu tief runterbrennen lassen, ich wachte auf, und die Wände und der Indianische Bettüberwurf an der Wand und die Matratze standen in Flammen, und schon waren wir splitterfasernackt und zitternd draußen auf der Straße, und ich weiß nicht mehr, was dann passiert ist.

Ich erinnere mich, daß mein Vater mich ein-, zweimal besucht hat, und wir sind nach meiner Vorstellung ins Top of the Gate gegangen, um zusammen Jazz zu hören. Das gehört zu den schönen Zeiten, die wir miteinander verbracht haben, wie ich mich erinnere.

Und ich erinnere mich, daß ich alle beneidet habe, die das Leben leicht nahmen, die glücklich verliebt waren, die glücklich mit ihrer Arbeit, mit sich, mit ihrem Leben waren.

Würde ich es anders machen, wenn ich noch einmal zurückkehren könnte? Nun, wie gesagt, ich kann nicht zurück. Der Höhenmesser gerät wie rasend ins Kreiseln, und mein verflossenes Leben und der Rest meines Lebens ziehen mir blitzschnell an den Augen vorbei, und ich bin einer der Typen geworden, die ich, wie es scheint, als junger Mann sehnsüchtig beäugt habe, und so ist es nun mal.

Schwarzer Kaschmirpullover

Mein zehn Jahre alter schwarzer Rollkragenpullover ist wieder mal alt.

Mit jeder folgenden Generation scheint er schneller zu altern.

Meine Frau hat meinen jahrelang getragen, und ich erinnere mich, wie ihr Körper darunter zum Vorschein kam, wie sie ihn sich über den Kopf gezogen hat, in jener Pose, die wie Picassos Bild einer stillenden Mutter die Quintessenz des Weiblichen ist.

Und ich erinnere mich, wie sie – ihr Geschenk für mich – jenen Pullover trug, den wir den *Homeland Sweater* nannten, nach einem romantischen Zitat, das höchstwahrscheinlich von Hemingway stammt.

Ich erinnere mich an einen unserer zu vielen Flughäfen, wo ich sie an mich drückte, als sie diesen Pullover anhatte, und an den Strom der Passagiere, der gegen uns anbrandete und sich teilte, und dann ist sie ins Flugzeug gestiegen.

Ich erinnere mich, daß sie ihn in einer eiskalten Märznacht in Martha's Vineyard getragen hat, in einem Edelrestaurant. Das Restaurant war leer bis auf einen Mann mittleren Alters mit seiner Frau am anderen Ende des Lokals. Die zwei steckten mitten in einem selbstgeschaffenen und vom Schicksal heraufbeschworenen Elend, und wir beide waren irre verliebt, und sie hatte den schwarzen Pullover an und sah aus wie das »Mädchen an der halboffenen Tür«, und der Typ auf der anderen Seite hat uns angeschaut mit einer Sehnsucht, die wie ein Messer gewesen sein muß in seinem Bauch.

Ich habe den Pullover auf meinen vielen transatlantischen Exkursionen in Sachen Liebeswerbung getragen.

Ganz das Richtige, ideal für die kalte Mitternacht.

Ich sage ideal, weil leicht und warm.

Meine Freundin B. ist letztes Jahr mit einem dikken Schal angerauscht und hat mich gebeten, doch mal zu fühlen und dann zu sagen, woraus er sei. Natürlich Kaschmir, habe ich gesagt.

Sie hat den Kopf geschüttelt. »Die Wolle ist aus dem feinen Haar von der Kehle einer Ziege«, korrigierte sie mich und gab mir damit zu verstehen, daß Kaschmir übertrumpft sei, aber ich kann auch nicht annähernd soweit gehen.

In viktorianischen Romanen kommt Kaschmir vor als der Stoff des einfachen Tageskleides, das von der Gouvernante getragen wird, damals muß es zumindest fürs Bürgertum eine Allerwelts- und Alltagsangelegenheit gewesen sein, die wegen seiner Wärme und Haltbarkeit gewählt wurde.

Für mich ist es aber immer etwas Besonderes gewesen.

Zusätzlich zu seiner Verbindung mit meinem Liebeswerben hat Kaschmir für mich auch eine Beziehung zu dem gleichermaßen romantischen Inszenieren eines Films.

Da befindet man sich, ausstaffiert für die nächtlichen Dreharbeiten, um vier Uhr früh in der Stadt auf einer menschenleeren Straße und stapft trampelnd umher, um sich warm zu halten.

Alle Gaffer haben sich nach Hause verzogen, doch da sind wir und drehen unseren Film in Dunkelheit und Kälte. Ideal. Eine Schicht meines notgedrungen vielschichtigen Outfits ist besagter schwarzer Rollkragenpullover. Zu den vielen anderen Schichten gehört auch eine schwere Jagdjacke mit wahren Labyrinthen aus Original- und dazugenähten Ersatztaschen.

Ich habe die Jacke in meinem Schrank gefunden, wo sie sich nach meinem letzten Film versteckt hat. In einer der Taschen befindet sich ein daumengroßes Stück roten koreanischen Ginsengs, das mich vor einigen Jahren über Wochen bei kalten nächtlichen Dreharbeiten am Leben gehalten hat – auch der Ginseng ein Stück zwar teurer, doch nützlicher idealer Vortrefflichkeit.

Und der schwarze Rollkragenpullover hat mich schon als Teil meiner Jagdklamotten in Texas, Maine und New Hampshire warmgehalten.

Es ist vielleicht nicht gerade praktisch, einen Rollkragenpullover als eine der verschiedenen Kleidungsschichten zu tragen – die Theorie besagt, daß alle Kleidungsstücke geöffnet und geschlossen können werden sollen, damit sich die Temperatur regeln läßt –, aber Brust und Hals sind immer schon meine »Achillesferse« gewesen. Mein Körper will, daß sie bedeckt gehalten werden; wenn das nicht der Fall ist, neigt er leider zum Schlappmachen. In der Folge solcher Vorfälle habe ich den schwarzen Pullover auch schon im Krankenzimmer getragen und mit ihm im Bett gelegen, zitternd und hager zagend, und habe ihn vollgeschwitzt in einer hoffentlich überzeugenden Darstellung unserer Hommage an den tuberkulösen Ästheten des wieder mal gerade abgelaufenen Fin de siècle.

Ich weiß, es sind nicht wirklich die Motten, die die Wolle fressen, daß sie vielmehr Eier legen, oder so etwas Ähnliches, oder so heißt es zumindest – daß die Eier den Schaden anrichten.

Trotzdem, die Motten haben meinen Pullover gefressen, wie sie den letzten und den vorletzten gefressen haben, und das führt mich dreißig Jahre zurück, zum Anfang meiner Geschichte mit diesem Kleidungsstück.

Wie die schwarze Baskenmütze (die eigentlich *blau* ist, wie einem immer wieder vorgehalten wird, doch meine ist schwarz) ist auch der schwarze Kaschmirrollkragenpullover ein ideales Kleidungsstück (siehe/vgl. Horst, Avedon, Irving Penn und *tutti quanti*).

Der Rollkragen bringt die Kinnlinie zur Geltung oder täuscht, wenn es die nicht gibt, ein markantes Kinn vor, und so verleiht er Charakter.

Der Rollkragenpullover gibt dem Gesicht einen Rahmen, gibt dem Torso seine eigene, vollendete Form; er wärmt, kann zu lockeren Anlässen getragen werden, oder auch unter dem Sportsakko oder zum Anzug als nächstliegender Ersatz für das nicht vorhandene Hemd samt Schlips, wobei man die Auseinandersetzung mit dem Maître d' zwar wahrscheinlich, aber nicht unbedingt verlieren wird. (Wie wär's mit: »Und wenn ich Ihnen nun mitteilte, daß ich sehr wohl Hemd und Schlips trage, beides aber unter meinem Pullover, den ich aus Gesundheitsgründen nicht ausziehen darf?« Ich bitte den Leser, doch bitte zur Kenntnis zu nehmen, daß ich, wenn ich meinen Vorschlag in einen Konditionalsatz packe, die verbissensten Gegner von Spitzfindigkeit einmal ausgenommen, allen andern die erniedrigende, unerhörte und unnötige Äußerung von L. m. a. A. erspare.)

Die schwarze Baskenmütze, der schwarze Rollkragenpullover, und schon muß ich schwer überlegen, mit welchem idealen Gegenstand ich das alles zu einem glücklichen Dreier ergänzen soll.

In Zeiten flüchtiger Siege über meinen Metabolismus habe ich mir den Pullover in die Jeans gesteckt, den Riemen fester gezogen, die Tweedmütze mit dem Schirm nach hinten aufgesetzt und mich so ganz als vollendeter Martin Eden gefühlt.

Ein solches Ensemble läßt einen entweder gut aussehen oder doch zumindest so gut, wie man überhaupt aussehen kann, und so verschafft es einem ein gutes Gefühl. Kein Wunder, daß ich den Pullover mit Liebe in Verbindung bringe; er erfüllt dieselben Anforderungen.

Sich zu verlieben ist unser am meisten geliebtes Übergangsstadium, und so fällt die Liebe auch jahreszeitlich zumeist in die Übergangszeiten.

Der Sommer ist die Zeit für Tändelei, der Winter die Zeit für Behaglichkeit; aber der Frühling und noch viel stärker der Herbst sind die Zeit für die Liebe, und was gibt's da Besseres zum Anziehen und Erinnern als eben den schwarzen Kaschmirrollkragenpullover.

Im Philosophieunterricht wurden wir mit dem Hammerproblem gequält: Der Stiel geht kaputt, und wir ersetzen den Stiel. Später geht der Hammerkopf kaputt, und wir ersetzen den Kopf. Ist es noch der alte Hammer?

Die Frage nach dem Hammer läßt sich mit ja oder nein beantworten; aber die Motten haben meinen schwarzen Pullover aufgefressen, und wenn der neue ausgepackt wird, wird er durch Eingewöhnung, aus Anstand und auch tatsächlich, mein alter schwarzer Kaschmirrollkragenpullover sein.

So dient die Philosophie der Menschheit. *Shanti.*

Bullen und Autos

Zwei Geschichten – mit zwanzig Jahren Abstand

Ich war damals Taxifahrer. Ich hatte am Bughouse Square eine Pause eingelegt und geparkt, um eine Zigarette zu rauchen. Ich wollte wieder losfahren, guckte nach hinten, fädelte mich in den Verkehr ein und verspürte einen Stoß. Ich war von einem Bullenauto gerammt worden.

Er hatte mich seitlich hinten erwischt.

Der Bulle sprang aus seinem Wagen, ganz Angst und Besorgnis.

»O Gott«, sagte er, »sind Sie etwa verletzt? Ich hab nicht aufgepaßt, ich bin zu schnell um die Ecke. Sind Sie verletzt? Es tut mir *leid* ...«, und so weiter. Ich erklärte, mir sei nichts passiert, wir sahen uns die beiden Autos an, während er sich die ganze Zeit entschuldigte. Der hintere Radkasten des Taxis hatte eine Delle, aber die fiel an der sowieso schon verbeulten Karosserie nicht weiter auf. Der Kühlergrill des Streifenwagens hatte auch eine Delle.

»O mein Gott«, sagte der Bulle kopfschüttelnd. »Das muß ich melden. Ich muß ein Protokoll aufsetzen. Könnten Sie bitte warten? Das muß ich von meinem Vorgesetzten begutachten lassen.«

Ich erklärte mich einverstanden, und sehr schnell kamen *mehrere* Polizeifahrzeuge mit quietschenden

Reifen und Sirenen angebraust, meine Aussage wurde protokolliert und bewertet – und schon hatte ich eine Klage am Hals: Gefährdung des Straßenverkehrs und Beschädigung städtischen Eigentums.

Ich mußte vor Gericht, und die Sache sah überhaupt nicht gut aus.

Es sah nach einer hohen Geldstrafe aus, dazu drohte mir ein Führerscheinentzug auf Zeit, doch dieser Führerschein ermöglichte mir das Taxifahren, und damit verdiente ich meinen Lebensunterhalt.

Ein Freund meines Vater war Strafverteidiger, und er erklärte sich bereit, mit mir vor Gericht zu erscheinen. Ich fragte, wann wir uns zusammensetzen könnten, um die Fakten des Falles durchzugehen. Er sagte, wir sehen uns am Tag der Verhandlung im Gericht.

Wie Rechtsanwälte es so an sich haben, ist er natürlich reichlich spät gekommen, und wir hatten keinerlei Zeit, über den Fall zu reden. Er ist in den Gerichtssaal gerauscht, mich im Schlepptau, und ich habe ihn angefleht, ihm ganz kurz die Ereignisse schildern und die Rechtslage des Falles darlegen zu dürfen. Er fertigte mich mit einem Achselzucken ab. Der Beamte rief den Fall auf, und der Anwalt stürmte nach vorne und sagte: »Euer Ehren, vor Ihnen steht ein junger Jurastudent, der beste seines Jahrgangs an der Northwestern University« – den Weg zur Northwestern hätte ich nie im Leben finden können – »der sich durchbeißt, um die Studiengebühren zahlen zu können. Wenn er nicht studiert, fährt er Taxi, und er hat sich überanstrengt, er war übermüdet, er hat nicht aufgepaßt, es tut ihm fürchterlich leid, und alles, was Euer Ehren tun könnten, um ihm zu ...« Tja, ich wurde dazu verurteilt, Nachhilfestunden in der Fahrschule zu nehmen, an vier Dienstagabenden, und es war, als hätte ich nie was angestellt. Der nächste Fall.

Zwanzig Jahre später und mehrere Blocks weiter weg habe ich als Regisseur einen Film gedreht. Laut Drehplan sollten wir die Morgenszene am Oak-Street-Strand und die Nachmittagsszene in der Elm-Street drehen.

Aber es wehte ein starker Wind, und als wir am Morgen an den Strand kamen, war klar, daß wir erst drehen konnten, wenn sich der Wind gelegt hatte.

Ein heller Kopf machte den Vorschlag, einfach den Plan umzustellen und erst nachmittags am Strand zu drehen, also sind wir rüber zur Elm Street.

Ein guter Plan, nur daß die Straße vollgestellt war mit Personenwagen. Wir brauchten Platz für unsere Laster, Generatoren und Kamerawagen. Die Straße war schon tagelang mit Schildern versehen, auf denen zu lesen war: »Diese Straße ist dann-und-dann von (an dieser Stelle stand MITTAG) an gesperrt – alle Autos, die sich nach dieser Zeit hier befinden, werden abgeschleppt.«

Da standen wir nun. Wir mußten drehen, die Autos mußten verschwinden. Was konnten wir tun? »Da stecken wir aber in der Klemme«, sagten wir zueinander.

Der Chef unserer Polizeieskorte hörte uns zu, während wir die Hände rangen, holte einen Leuchtmarker hervor, strich das Wort MITTAG durch, schrieb an die Stelle MORGEN und ließ die Autos abschleppen.

Sechs Stunden Poker in Perfektion

Ich denke zurück, und die Angst des Mannes fällt mir ein wie das fehlende Bild eines Traumes.

Der Mann war erst spät zu einem Spiel Hold 'em mit Pott-Limit in einem Casino in Lake Tahoe Ende der achtziger Jahre gekommen, und er setzte sich zu einem Spiel, das ich schon den ganzen Nachmittag in die Höhe getrieben hatte.

Ich war in Tahoe mit den Vorbereitungen für einen Film beschäftigt und fand, daß dies, wie auch andere Phasen vor den tatsächlichen Dreharbeiten, eine berauschende Zeit war. Ich, der Regisseur, durfte Ämter/Stellen vergeben und besetzen und Entscheidungen treffen, deren Wert und Qualität zwar erst in einigen Wochen geprüft werden konnten, deren bloße Existenz aber von Freunden und Mitarbeitern durch die Bank weg begrüßt und mit Beifall bedacht wurde. Ich fühlte mich ganz in meinem Element.

Also dachte ich, ich wollte Poker spielen.

In Vermont war ich zwanzig Jahre Mitglied einer wilden Pokerrunde gewesen. Unser Spiel hieß Hold 'em, unsere Spielregel lautete Pott-Limit, ganz so wie jetzt im Casino.

Ich hatte es zwanzig Jahre gespielt, jetzt war ich in

Nevada, und es war an der Zeit, meinen Platz einzunehmen.

Ich bereitete mich vor. Ich kleidete mich in Schwarz, setzte die Sonnenbrille auf, nahm ein gutes Frühstück zu mir und ließ meine Mittel Revue passieren.

Meine Mittel lagen, als ich sie Revue passieren ließ, irgendwo zwischen dürftig und ziemlich ansehnlich: Ich kannte mich aus mit Risiken und Prozentsätzen, ich konnte mit Geld umgehen; ich konnte, wenn nötig, meinen Aktionsdrang unter Kontrolle halten; schließlich – und das zählte ich als mein höchstes Kapital – hatte ich einen sehr guten Spielsinn, das heißt, ein Gefühl für den Tisch.

Ein solcher Instinkt hatte mir nie große Dienste in einem Spiel mit Limit geleistet (in einem Spiel also, bei dem die Einsätze begrenzt sind), aber er war mir in der Vergangenheit gut zupaß gekommen bei Pott-Limit-Spielen, bei denen ein Spieler mit einer Minimalhand oder einem Minimum an Selbstvertrauen durchs Setzen beeinflußt werden kann.

Also habe ich mich hingesetzt und weder witzig gequatscht noch gequalmt. Ich habe Wasser getrunken und mich körperlich völlig ruhig verhalten. Ich blieb einsilbig und habe (vielleicht nicht zufällig) besser Poker gespielt als je zuvor in meinem Leben.

Die Damen und Herren gingen in der Tat ganz erwartbar vor, erst das linke Bein, dann das rechte Bein, und gesunder Menschenverstand und Angriffslust meinerseits bestimmten den Lauf der Dinge. Ich hatte das Spiel in der Hand und trieb es hoch.

Besser als je zuvor behauptete ich meine Position, sackte die Einsätze ein, ließ mich nicht erwischen. Ich habe auf der »dritten Stufe« gespielt, dem Mindestlevel, weniger gilt nicht, und das ohne Mühe. (Maslansky und Sklar erklären in ihrem Buch *Hold 'em Poker* kategorisch, daß die Mindestanforderung zur Teilnahme an einem professionellen Pokerspiel die Befähigung ist, auf der dritten Stufe zu denken. Erste Stufe: Was für Karten hat mein Gegner? Zweite: Was meint er, was für Karten ich habe? Dritte Stufe: Was meint er, was ich meine, was für Karten *er* hat?)

Da ich ein undisziplinierter Kopf bin, finde und fand ich es immer schon schwierig, solche strengen Konstruktionen zu formulieren, und so habe ich mich in meiner Laufbahn als Kartenspieler lieber öfter auf meinen Bauch verlassen, auf das weniger anstrengende, aber auch weniger befriedigende »Ich-habe-so-ein-Gefühl«. Aber an diesem Tage war die dritte Stufe für mich eine ganz klare Sache. Und ebenso wichtig: Ich habe aggressiv genug gespielt, um den anderen Spielern die Möglichkeit zu nehmen, ihre im Vergleich zu mir (zweifellos vorhandenen) größeren kognitiven Fähigkeiten einzusetzen. (Sie kamen nicht auf den Gedanken, den Sumpf trockenzulegen, da ich zur Clique der Alligatoren gehörte.)

Ein Bursche, der wie ich aus einem der Bundesstaaten stammte, die mit einem Vokal beginnen, also aus der tiefsten Provinz, kam in den zwanziger Jahren des letzten Jahrhunderts nach New York und schrieb nach Hause: »Hier kennt mich kein Mensch. Und was ich mache und ob ich lebe oder sterbe, wird kein Mensch je erfahren, noch wird es je eine Menschenseele interessieren. Kein Mensch weiß, wer ich bin. Was für eine Wohltat.«

Genauso habe ich mich bei diesem Pokerspiel gefühlt. Ich hatte mich selbst zu einem neuen Menschen gemacht. Himmelherrgott, ich hatte mich *überhaupt* erst zu einem Menschen gemacht. Die ersten dreißig und mehr Jahre waren nichts weiter gewesen als eine bloße Anhäufung von Zufall und Notwendigkeit. Jetzt erst verstand ich mich richtig auf den Job.

Wer ist der Kerl mit der dunklen Brille? Antwort: Ist doch scheißegal. Dich geht nur eines an: Setzen, Abwarten oder Passen.

Es war himmelschreiend deutlich, und es hat verdammt viel Spaß gemacht. Im Rückblick sehe ich, daß ich die Runde dazu gebracht habe, mich zu respektieren, da ich auf eine Weise vorging, die jeden Respekt verdiente – ich steigerte die steigerbaren Positionen, ich mied die fragwürdigen, und wenn sie nicht wußten, daß ich über meine Verhältnisse spielte, so verdiente auch das jeden Respekt.

Ich verdonnerte sie zu einem schnörkellosen Spiel, denn das war das Spiel, das ich gewinnen wollte; und im Laufe des Nachmittags habe ich damit eine Menge Geld gemacht.

Am Tisch herrschte ein herrlich unzweideutiges Gefühl.

Ist das nun ein speziell maskulines Vergnügen? Ich weiß nicht. Im Laufe unseres Lebens ist eine Menge Schwachsinn über das Wort »macho« geschrieben worden; dieses Wort bedeutet anscheinend nicht nur »männlich und abartig-lächerlich«, sondern auch »männlich und *daher* abartig und lächerlich«.

In Cambridge, Massachusetts bin ich einmal an einem Laden vorbeigekommen, in dem eigentlich Lebensmittel verkauft wurden, und ich blieb vor dem Schaufenster stehen, weil dort haufenweise T-Shirts und Aufkleber angeboten wurden, die allesamt die Männer verächtlich machten.

Ich wollte schon achselzuckend weitergehen, doch dann konnte ich mir den Gedanken nicht verkneifen, daß solche hetzerischen Blockbildungen nicht nur nicht besonders nett waren, sondern, was viel entscheidender war, mir nicht gefielen.

Ich bin in den Laden gegangen und habe mit einem Verkäufer gesprochen. »Entschuldigen Sie«, habe ich gesagt. »Sie haben im Schaufenster Artikel, die sich über Männer lustig machen. Wenn Sie das Wort ›Männer‹ von ihren Aufklebern streichen würden und es zum Beispiel durch eine Rassenbezeichnung ersetzten, dann würden Sie, glaube ich, erkennen, daß die fraglichen Artikel ziemlich geschmacklos sind.«

»Tja, was weiß ich«, kam die Antwort, »die verkaufen wir in rauhen Mengen!«

Also: Wenn ich ins Schwarze treffe, Geld nach Hause bringe, den Gegner auf die Matte schicke, verfalle ich dann in den Irrtum des Verkäufers und benenne diese Vergnügungen zuerst als männlich und benutze anschließend das Faktum der Benennung, um ihre Rechtmäßigkeit in Frage zu stellen?

Gehe ich soweit, zu unterstellen, daß in einem Land und in einer Zeit, da die traditionell männliche Rolle des Ernährers kaum noch die Möglichkeit bietet, etwas zu leisten, die Bezeichnung »macho« letzten Endes nicht als Anklage benutzt wird, im Besitz angeblich männlicher Attribute zu sein, sondern als Klage darüber, daß ebendiese verhältnismäßig oft fehlen?

Auf jeden Fall ist es möglich, daß in dieser Liebe zum Unzweideutigen, im Genuß eines Sieges, der keinerlei Interpretation bedarf, der Jagdinstinkt überlebt hat, wer will dagegen schon etwas sagen?

Ich will nur sagen, es war schön.

Sechs Stunden lang war es schön, bis ich im Café des Hotels »zu mir gekommen bin«.

Einer meiner Mitspieler aus der Runde setzte sich zu mir an den Café-Tisch. »Mein Name ist James«, sagte er. Das nahm ich nickend zur Kenntnis.

»Was war los?« fragte er.

Folgendes war los gewesen: Es ging aufs Abendessen zu, und ich war immer noch der Leithammel.

Ich bekomme verdeckt Bube und Dame. Ich habe das Spiel im Griff. Ich komme erst an dritter Stelle, muß warten und setze dann. Der Bursche hinter mir, er ist neu am Tisch, geht mit. Drei weitere gehen mit. Einer erhöht. Im Gegenzug erhöhe ich noch einmal, alle andern halten still. Aber der Flop kommt, Bube-Dame-Vier. Zwei Herzen.

Ich habe zwei Spitzenpärchen. Aufgerufen, also setze ich. Ich habe zwei Spitzenpärchen, niemand geht höher; der neue Spieler nach mir geht höher, die andern passen, und ich gehe höher als er: Was könnte er haben? Er könnte, was von Bedeutung wäre, ein Set Buben oder Damen haben. Und das stünde im Einklang mit seinem Spiel vor dem Flop. Ich überlege. Ich gehe höher als er, er hält lediglich. Schön. Ich bin wirklich gut.

In der vierten Runde fällt eine Zehn, kein Herz. Ich setze, der Neue hält. Hält lediglich. Fein. In der fünften fällt eine Vier; wiederum kein Herz.

Also, ich habe die beiden Spitzenpärchen. Wenn er ein Set gehabt hätte, hätte er jetzt ein Boat, aber ich konnte ihn nicht auf das Set festnageln, weil kein Flush da ist. Ich rekapituliere, mir wird klar, ich muß gewinnen. Ich muß das Gewinnerblatt halten. Ich *habe* ihn.

Im Pott sind Abertausende von Dollars. Ich schaue mir den Mann gegenüber genau an. Er sitzt da und schwitzt.

Was hat das zu bedeuten? Er hat offensichtlich Angst.

Ich denke mir, wollen wir doch mal sehen, bis zu welcher Höhe er mithält, und ich mache einen bescheidenen Einsatz. Er ruft zum Letzten, wir zeigen unser Blatt, ich sage: »Zwei Spitzenpärchen«, und er sagt: »Straight«, und blättert hin Neun bis König in Herz. »Straight? Was für ein Straight ...?« frage ich.

Die Pokerspieler unter Ihnen, die obiges gelesen haben, werden über meinen Spielstandbericht zum jeweiligen Blatt gesagt haben: »Der Kerl hat einen *Straight*. Mit welcher Hand *sonst* wäre er mitgegangen?«

Sie erinnern sich aus der Schulzeit vielleicht an die Demonstration des blinden Flecks im Auge: Der Sehnerv ist mit der Netzhaut verbunden, und an der Stelle der Verbindung sind wir blind. Wir können nicht sehen, was da ist. Man legt den Radiergummi auf den Tisch, schiebt ihn von sich, und an einem bestimmten Punkt verschwindet er.

Ich konnte nicht mehr so *straight* gucken.

Im nachhinein ist es geradezu himmelschreiend deutlich. Ich mußte ihn festnageln entweder auf drei Buben, drei Damen (vor dem Flop hätte er mit einem Viererpärchen nicht mitgehalten), As bis Bube, As bis Dame oder auf eine mögliche Ergänzung zum Flush oder Straight.

Vor dem Flop hatte er mit der passenden Kombination Neun bis König gespielt, der Flop paßte, er saß da mit vier Herzen bis zum Königs-Flush und einem Straight aus dem Bauch, die Zehn trifft wie angegossen, und er hat den Boss geradewegs am Arsch mit einem Straight.

Zehn Jahre später höre ich mich noch immer sagen: »Was für ein Straight?«, und die Helden waren gefallen.

Was für ein unbefriedigendes Ende eines guten Nachmittags. Ich bin als Verlierer vom Tisch aufgestanden und fand mich dann wieder im Café.

»Was war los?« fragte James. »Wir haben Ihnen zugeschaut und uns alle gefragt: ›Wer ist der Kerl?‹« Und dann sagte er: »Sie haben sechs Stunden lang Poker in Perfektion gespielt.«

Was für eine Anerkennung. Ich hatte mich mit den Profis an den Spieltisch gesetzt und gewonnen, und dann habe ich alles zurückgezahlt, verschenkt – nicht durch Fehleinschätzung oder einen Charakterfehler, nicht durch Geiz oder Dummheit und letzten Endes auch nicht durch die vielfältigen historisch belegten Verhaltensweisen, mit denen ein Pokerspieler sich und seine besten Interessen wissentlich zu verraten weiß, sondern weil mich, wie es schien, etwas völlig Neues aus dem Konzept gebracht hatte: Ich war blind gewesen für ein Blatt.

Wollte ich mich damit selbst bestrafen? Mit dieser Frage habe ich mich natürlich gequält. Ich kann nicht sagen, daß ich meine, das sei mein Wunsch gewesen, aber so liegen nun einmal die Tatsachen.

Man könnte behaupten, daß ich so gehandelt haben muß, um mich zu bestrafen, denn so kam es ja; jede kühle Analyse muß zu diesem Schluß kommen.

Wie viele Glücksspieler, und vielleicht wie alle Glücksspieler irgendwann, habe ich mich selbst bestraft, und ich weiß nur zu genau, was das für ein Gefühl ist; dennoch, diesmal war es anders.

Die Antwort auf die Frage: »Was ist passiert?« lautete und lautet immer noch: »Ich weiß es einfach nicht.«

Aber neulich hatte ich eine Idee; ich bin auf einen Schlüssel gestoßen.

Nach meiner Erfahrung in der Analyse von Träumen, wie bei der Konstruktion eines Dramas (die nichts anderes ist als die Umkehrung dieses Prozesses), ist unweigerlich das Übersehene, das anscheinend Unauffällige, das mißachtete, verkannte »Verbindungsglied« der Schlüssel zum Geheimnis.

Im *Ödipus* ist es der mißachtete, verkannte gemeine, arme Hirte, der »bedeutungslose« Mensch, der dem König das Leben erklären muß.

In diesem Pokerdrama war es meiner Meinung nach die Angst meines Gegners. Zehn Jahre habe ich mir den Kopf zerbrochen, warum ich den Straight nicht gesehen habe. Seit kurzem frage ich mich, warum ich seine Angst nicht durchschaut habe.

Er war angespannt besorgt, als er sich an den Spieltisch setzte (ich galt als starker Spieler), und er behandelte das Blatt mit einer gewissen Scheu, einem Mangel an Selbstvertrauen, der sich in Luft auflöste, als die Zehn ins Spiel kam; aber ER HATTE ANGST AM ENDE, ALS DIE VIER ZUM PÄRCHEN WURDE.

Ich habe in meiner Blindheit nicht nur übersehen, was die Karten zu sagen hatten, sondern auch, was das Verhalten des Burschen verriet.

Ich entschied mich, sein Zittern als das Wissen um die Schwäche seiner Hand zu deuten, also habe ich bescheiden gesetzt, und er ging mit dem Einsatz mit.

Aber warum? Mein Spiel war amateurhaft. Was konnte er schlagen? Auf welcher Grundlage war er mitgegangen?

Die Vier konnte ihm unmöglich helfen. Auch kein Herz, ich hatte jede Möglichkeit von Drillingen ausgeschlossen, er hätte sich geschlagen geben müssen und wissen, daß er geschlagen war (wie ich mir vorstellte), doch warum sollte er dann überhaupt noch einen Einsatz wagen? Im Rückblick meine ich mich an ein schwaches Gefühl zu erinnern, aus Angst vor einem Full House nur niedrig zu setzen (die beiden abgelegten Vieren könnten ihm ein Full House bescheren); und das ist der Schlüssel. Die Angst, an die ich mich erinnere, ist letzten Endes nicht seine, sondern meine eigene gewesen: Ich hatte Angst vor dem Full House.

Warum? Er konnte doch wiederum kein Full House haben, ohne vorher Drillinge gehabt zu haben (ich konnte ihn nicht auf Vier-Bube, Vier-Dame oder Vier-Neun festnageln), also wovor hatte ich Angst?

Selbst wenn ich den Straight gesehen und ihn somit richtig gelesen hätte, wäre es mein richtiger Spielzug gewesen, mit hohem Einsatz weiterzuspielen, damit er sich hätte fragen müssen, ob ich wohl das Full House hätte (was gut zu jedem meiner Spielzüge gepaßt hätte); aber nein, ich habe genau das gemacht, was ihm den Pott gebracht hat, ich habe ihm billig den Sieg verschafft – ich habe letztlich auf meine Machtposition verzichtet, denn die hatte ich inne, *auch wenn ich kein Siegerblatt in der Hand hatte*, und bin als Verlierer aus dem Spiel gegangen.

Selbstverständlich habe ich mich selbst bestraft. Kommt eine andere Erklärung überhaupt in Frage?

Was konnte besser sein als sechs Stunden Poker in Perfektion? Worüber ließ sich weniger unzweideutig, worüber ließ sich genüßlicher nachdenken?

Ich drehte danach meinen Film. Während der Dreharbeiten habe ich ein paarmal gespielt und ständig verloren.

Als ich nach Hause kam, merkte ich, es war vorbei. Ich wollte nicht mehr spielen. Ich bin eines Tages aufgewacht, und es war vorbei. Ich hatte so etwas von älteren Männern, eingefleischten Jägern gehört: »Eines Tages wollte ich einfach nichts und niemandem mehr weh tun – ich bin eines Tages aufgewacht, und es war vorbei.« »Wieso?« »Weiß ich nicht, es war einfach vorbei.«

So ist es mir ergangen. Ich war ein anderer Mensch.

Das Verlangen, Poker zu spielen – bisweilen ein manisches, aber immer ein aufregendes Vergnügen –, das ich mehr als zwanzig Jahre verspürt hatte, war plötzlich einfach weg, und es hat mir nicht gefehlt.

Ich würde gern auf das Blatt zurückblicken und sagen, das war nicht die Ursache, sondern einfach die Ankündigung der Veränderung.

Das wäre eine würdevolle und diplomatische Darstellung des Sachverhalts. Ich würde es selbst gerne so sehen.

Scotch Malt Whisky Society

Ich hatte Liebeskummer und brauchte dringend Beistand.

Also habe ich einen Bekannten angerufen und gefragt, ob ich vorbeikommen dürfe. Er sagte ja, und wir haben die ganze Nacht gequatscht und dabei/dazu anderthalb Flaschen Scotch der Marke Bell's getrunken.

Die Sonne ging auf, und ungefähr einen Block lang fühlte ich mich auf dem Nachhauseweg getröstet und klüger, und dann habe ich zwanzig Jahre keinen Scotch mehr angerührt.

Blende zu, Blende auf. Wieder wurde ich, wie ich meine, getröstet, weil meine Drüsen mich in die Bredouille gebracht hatten. Ich saß in einer Bar in Cambridge, Massachusetts.

Mein Freund sagte zum Bartender: »Geben Sie ihm ein Glas von Ihrem besten Whisky.«

Der Bartender nahm eine Flasche aus dem obersten Regal.

»Haargenau«, sagte mein Freund. »Was ist das?«

Der Bartender nannte einen ausländischen Namen.

»Prima«, sagte mein Freund. »Quanta costa?« Vierundsechzig Dollar, bekam er zu hören.

»Teure Flasche«, sagte er.

»Nein«, mußte er sich korrigieren lassen, »pro Glas.«

»Die können Sie gleich zurückstellen«, sagte mein Freund. »So unglücklich ist er nun auch wieder nicht. Geben Sie ihm was so um die zehn Dollar.« Und der Bartender goß mir ein Glas Ambrosia ein, das ich erst später als Scotch identifiziert habe.

Ich trank das Zeug.

»Teufel auch«, sagte ich, »das stellt jeden Cognac in den Schatten.« Der Bartender nickte.

Ich erinnere mich an Autofahrten mit meinem Vater in den Fünfzigern, er saß am Steuer und rauchte eine Lucky.

Auf der Packung stand: »It's toasted!« Und geröstet haben sie für mich auch gerochen.

Die Zigaretten verströmten einen Duft wie die gerösteten Mandeln auf dem Schokoriegel *Toasted Almond Good Humor*, will sagen, sie dufteten herrlich; und in meinen Raucherjahren war ich nicht nur süchtig nach dem Nikotin, sondern auch nach der Vorstellung, die nächste Zigarette könnte so schmecken, wie sie damals gerochen haben, als mein Dad mit mir Auto gefahren ist.

Ähnlich war es mit dem Alkohol – beim Trinken war ich, wie vielleicht auch Sie es waren, meist auf der Suche nach jenem magischen Genuß, an dem die Erwachsenen soviel Freude zu haben schienen.

Die Cognacs waren für mich zu süß, wie auch selbst die schärfsten Bourbons.

Scotch war nach meiner Erfahrung eine dünne, giftige Säure.

Als ich jung war, habe ich getrunken, weil ich jung war und aus all den angenehmen Gründen, zu denen gehörte, daß es mir half, den Zigarettenrauch runterzuwürgen.

Ich glaubte fest daran – typisch für den Mittleren Westen Amerikas –, daß jeder, der sich zu gut in Sachen Wein auskannte, dieses Wissen besser für sich behielt, daß Cognac nichts weiter als süßer Rye sei und daß in der Oper bloß fette Weiber kreischten. (Ich erkannte, was sehr zu meiner entspannten Lockerheit beitrug, eine ganz ähnliche proletarische Disposition/Prätention in Edinburgh und Glasgow, wo man, wie ich erfuhr, sehr wohl einen Bentley fahren dürfe, nur müsse man ihn zu einem *»Arbeiter-*Bentley« erklären.)

Ja, Schottland, sage ich. Und ich saß an dieser Bar in Cambridge, Massachusetts, jenem bezaubernden Athen der Einöde, ließ mir den guten Scotch schmecken und dachte: »Wie lange gibt's denn den schon?«

Er schmeckte, wie er vielleicht in einer Welt geschmeckt hätte, in der jede Reklame nicht nur die Wahrheit sagt, sondern auch rein dem Zweck dient, unseren Glückszustand zu steigern.

Er war dunkel und voll und kein bißchen süß, und er war scharf, ohne bitter zu sein, und er schmeckte überwiegend nach Rauch und komischerweise nach Jod. Er schmeckte wie kein anderer Scotch, den ich je getrunken hatte oder mir auch nur vorstellen konnte. (Ich stelle mir die Dinge gern als vollkommen in ihrer Art vor, aber dazu fielen mir einzig und allein die IBM-Schreibmaschine vom Typ Selectric und der Karmann Ghia aus der Mitte der sechziger Jahre ein. Wenn ich mich davon schon aus dem Häuschen bringen lasse, kann ich mich wohl auch von Scotch aus dem Häuschen bringen lassen. Wer A sagt, muß auch ... und so weiter.)

Was mich nach Edinburgh führt.

Die Stadt kommt meiner Meinung nach Jerusalem an Schönheit gleich. Das Schloß steht hoch oben auf dem schwarzen Lavafelsen, wie der Phantasievorstellung eines jungen Mädchens entsprungen. Die ganze Stadt besteht aus Graustein, und es ist immer kalt und regnet unablässig, und das ist auch gut so. Maugham schrieb, daß es Klimazonen gibt, in denen man schreibt, und Klimazonen, in denen man schwitzt, und ich stimme ihm völlig zu.

Ich habe meine Frau gefragt, wie es kommt, daß ich in Edinburgh so viele alte Leute auf den Straßen sehe, und sie hat gesagt: »Eine gesunde Stadt. Und die Menschen haben ihren Spaß und amüsieren sich.«

Ich glaube, daß sich unsere amerikanische Haltung gegenüber dem Vergnügen weitgehend an dem gezierten, fast kindischen Verhalten eines Flugbegleiters ablesen läßt, der uns einen Nachtisch offeriert: »Kann ich Sie auch bestimmt nicht verführen zu einem ...?«

»Nein, danke.«

»Auch nicht zu einem winzig kleinen Happen ...?«

Nein, danke, denn ich weiß, es ist ein Eiskrembecher mit Früchten und Sahne. Seit dreißig Jahren habe ich so was nicht mehr zu mir genommen, und wenn ich einen wollte, bräuchte ich dazu nicht die Zugabe einer solchen Kindergartenscharade.

»Kann ich Sie auch bestimmt nicht zu diesem kleinen schlimmen Vergnügen verführen?«

Unsere zweifellos puritanische Gesellschaft kann Keuschheit und Pornographie verkraften, aber mit allem, was dazwischen liegt, weiß sie nicht recht umzugehen. Wir haben offenbar ein Problem mit der Beherrschung, und wie es scheint, treibt uns das von konservativen zu liberalen Exzessen, ganz so wie das Kind, das zwei verschiedene Sorten Spielzeug hat – irgendwann macht das Neue keinen Spaß mehr und wird langweilig, und dann kommt zu unserer vergessenen Freude das Alte wieder zum Vorschein.

Es ist eine Atmosphäre, die freudige Klatschmäuler und unbehagliche Freigeister, ja, Wüstlinge hervorbringt, kurz gesagt: Es ist eine puritanische Gesellschaft.

Nee, aber ich muß noch sagen ...

(Den Satz habe ich von Alan King geklaut, *il miglior fabbro*, der vor vielen Jahren schon das Problem der Überleitung wunderschön, elegant und kategorisch gelöst hat. Er erzählt den Witz, rückt sich die Krawatte zurecht und sagt: »Nee, aber ich muß noch sagen«, und geht dann zu einem völlig neuen Thema über.)

Also nun das:

Wir waren in Edinburgh auf Besuch bei den Schwiegereltern. Ich war wie immer und gewöhnlich der alte griesgrämige Brummbär. Meine Leute und ich, wir reisen nicht gern. In den letzten sechstausend Jahren haben wir uns nur dann von der Stelle bewegt, wenn und weil uns jemand nach dem Leben trachtete.

Das ist meine Ausrede, und ich bin nicht zu stolz, sie zu benutzen, es freut mich, sie mit Ihnen teilen zu dürfen.

Da war ich also in Edinburgh, mit Jetlag in den Knochen und griesgrämig sowieso.

»Würdest du vielleicht die Scotch Malt Whisky Society besuchen wollen?« fragte Trevor.

»Ja, gern«, sagte ich.

Also begaben wir uns nach Leith, in den alten Hafen von Edinburgh, in die Vaults, die als das älteste

Gebäude Britanniens gelten, das kontinuierlich kommerziell genutzt worden ist – erbaut im 14. Jahrhundert, ist es schon jahrhundertelang Lager- und Auktionshaus für Sherry und andere Südweine. Der Sherry wurde in Fässern angeliefert, versteigert und in Flaschen abgefüllt, und die Fässer wurden von den Schotten gekauft, die darin ihren Whisky reifen ließen.

Deshalb und also bekommt der echte schottische Single Malt Whisky viel von seinem Geschmack und seine ganze Farbe von dem Faß, in dem er gelagert wird. Er kann in Fässern reifen, die einst Sherry oder Bourbon enthalten haben, oder auch in Fässern, die vorher leer waren; er erhält seinen Charakter hauptsächlich vom Holz, vom früheren Inhalt, vom Alter und von der Geschichte des Fasses, die zweite Füllung eines Fasses wird einen anderen Charakter haben als die erste Füllung.

Der Charakter des Whiskys wird auch bestimmt vom Wasser, von der Position beim »Fließen«, wenn der Whisky aus der Destillation abgezogen wird, von der Malzqualität, von der Zeit im Faß, und selbst der Lagerort im Reiferaum hat, wie ich erfahren habe, einen Einfluß – eine feuchtere Erde liefert einen stärkeren Geschmack.

Die Grundzutaten und die grundlegende Technik sind wie bei der Schauspielerei, beim Kochen, beim Werben um Mann oder Weib und in den anderen schönen Künsten so einfach wie ehrlich und redlich. Gerste wird in Wasser eingeweicht und zum Keimen gebracht. Dann wird sie in einer Darre getrocknet – unter Torfrauch, in den besten Brauereien. Die gemälzte Gerste wird »geklärt« (von Sprossen und sonstigen Rückständen gereinigt), gemahlen und mit heißem Wasser gemaischt. Bei jeweils steigenden Temperaturen wird die Flüssigkeit mehrere Male abgezogen. Was letztlich übrigbleibt heißt »Maische«. Dieser Maische wird Hefe beigegeben, und die Mischung wird destilliert – sie wird bis zum Dampfzustand erhitzt und dann abgekühlt, bis sie sich wieder verflüssigt, und dieser Vorgang wird mehrere Male wiederholt. Das Destillat, das am Ende herausspringt, ist Scotch Whisky, der in Fässern reift, auf Flaschen abgefüllt, verkauft und getrunken wird.

(Ich verdanke die eben vorgetragene Schilderung des Destillationsprozesses David Daiches und seinem äußerst klaren, zauberhaften und informativen Buch *Scotch Whisky: Its Past and Present*.)

Also ging's, wie gesagt, nach Leith, und dort habe ich Pip Hills kennengelernt, den Chef der Society.

Pip ist Schotte, der die wahre schottische Kultur liebt, schützt und praktisch lebt.

Mark Twain hat geschrieben, Sir Walter Scotts Roman *Ivanhoe* habe die amerikanischen Südstaaten seinerzeit in den Ruin getrieben.

Und ich glaube, daß es zwischen diesen beiden eroberten Ländern eine gewisse süchtig machende Gemeinsamkeit an wehmütiger Sehnsucht gibt. (Bis vor nicht allzu langer Zeit bezeichnete das englische Postsystem Schottland mit dem Kürzel N. B., also North Britain.)

Gegen Ende der siebziger Jahre haben Pip und seine Freunde die kleinen Brennereien abgeklappert und für sich ein Faß oder mehr des wahren einheimischen Gebräus gekauft. Das war (und ist) der wahre Single Malt, direkt aus der Brennerei ins Faß, unverdünnt und unfiltriert. Der in den Vereinigten Staaten als Single Malt verkaufte Scotch ist ungefähr fünfzig Prozent weniger stark als der im Faß und so filtriert, daß er keine unlöslichen Feststoffe mehr enthält.

England entdeckte den Scotch 1890, als dieser den Brandy als Nationalgetränk ablöste. Zu seiner Entdeckung kam es im Zuge der englischen Hinwendung zur schottischen Kultur. Die viktorianischen Engländer machten aus Schottland einen Fetisch, tummelten sich lustvoll in Kilts und Karos (Tartans), und in ihrer Einschätzung veränderte sich Schottland aus einem öden Hochland zu einem wilden, romantischen »natürlicheren« Fleck auf Erden. Die Bezeichnung »Touristenattraktion« zieht meistens nach sich, daß der ursprüngliche Charakter eines Ortes erst verflacht, bis er sich ganz verflüchtigt. Montana wird zu Mount Rushmore, das verschlafene Fischerdorf zu Cannes oder Provincetown, und Schottland, ein Vasallenstaat Englands, wurde zu Schottland-Land. An die Stelle von Brandy trat Scotch, und schon waren Mittel und Wege gefunden, ihn schneller und billiger herzustellen – und ihn schlechter zu machen.

Der maschinelle Destillierapparat, die industrielle Destillation, ersetzte gemälzte Gerste durch getreideneutralen Alkohol, der Single Malt wurde durch Verschnitte ersetzt, Farbe hinzugefügt; und so wurde Scotch erst das Lieblingsgetränk Englands, dann das der ganzen Welt.

Scotch Whisky war ein ländlich-bäuerliches Erzeugnis, praktisch in Heimarbeit hergestellt, eine einheimische Köstlichkeit, ja Kostbarkeit, wie Ahornsirup oder der schwarzgebrannte Weiße Blitz, voll Charakter, persönlicher Eigenart und Geschmack; und jetzt wurde dieser dünne, charakterlose verschnittene Schnaps unter demselben guten alten Namen verkauft und hatte mich 1967 so krank gemacht.

Pip Hills und seine Freunde hatten etwas gegen diese Schindluderei mit dem Schottenrock, und so machten sie die Runde durch die kleinen Brennereien, wo sie das eine oder andere Faß kauften, zuerst zum eigenen Verzehr; dann führte eins zum anderen, bis sie 1983 in Leith die Scotch Malt Whisky Society gründeten, so war's.

Bei meinem ersten Besuch führte Pip mich in den Clubraum für Mitglieder, stellte zehn Flaschen auf den Tisch und schenkte aus jeder einen Fingerhut voll ein. Die Farben reichten von Stroh über Zitrone bis hin zu Rotbraun. Wir schnupperten am Bukett, erst ohne, dann mit ein wenig Wasser – das Wasser veränderte jedes Bukett drastisch –, und nahmen dann von jedem einen winzigen Schluck. Auf den Flaschenetiketten und in der Broschüre waren die Whiskys nach Alter, Faßnummer, Herkunftsregion und Eigenschaften verzeichnet, aber nie nach dem Namen der Brennerei. Zum Beispiel: »Highland Northern: wie Zahntinktur in Honig. Destilliert April '76. Gold mit einem Hauch Grün. Bourbon-Faß. Nase voll und weich, anfangs nach frischem Heu und Malz, mit Wasser nach Öl und Nelken. Geschmack sehr lieblich, feurig und überraschend. Medizinisch, aber nicht torfig ...« (Klingt das gut?)

Also, sie klangen alle gut, und sie schmeckten auch alle gut. Die zehn waren äußerst verschieden. Ich probierte alle, und mein leicht zu erkennender Lieblingswhisky war der Lagavulin, jener Göttertrank, den ich in der Bar in Cambridge zum ersten Mal zu mir genommen hatte.

Ich verbrachte in den Räumen der Society einen

angenehmen Nachmittag, widerstand dem Drang, eine ihrer Krawatten zu kaufen, und zog davon mit einer Flasche in Faßstärke und ihrer Broschüre. Diese Broschüre hatte es mir besonders angetan. Dem Burschen machte es Spaß, über Whisky zu schreiben. Ich fand Whisky beschrieben als pfefferig und holzig, mit einem Geschmack von Vanille, Stroh, Leder, Aprikosen, Muskat, nassem Heu, Kreosot, Sattelseife, Rhabarber – und ich erinnerte mich an die Whiskyproben und dachte: »Ja, stimmt, so vielfältig ist ihr Geschmack.« Und ich habe mich gefragt, wer wohl auf diese Unterscheidungen gekommen sein mochte.

Wes unsterblich Aug und Hand verfaßte nur diese köstlichen Beschreibungen? Wessen Macht in Amt oder Gremium erhob den Status dessen, was ja auch als bloßer Schnaps hätte beschrieben werden können, in den Rang einer Kunst?

Bei meinem nächsten Aufenthalt in Edinburgh mußte ich der Sache auf den Grund gehen.

So waren wir wieder einmal zu Besuch daheim bei den Schwiegereltern, und ich kam wie gewöhnlich mit einem Jetlag an und war glücklicherweise leicht von der Rolle.

Ich erklärte, ich wolle ins Bett und erst morgen mittag alles sehen. Ob ich nicht zum Abendessen aufbleiben wolle? Nein, nein, danke, sagte ich, viel zu übermüdet.

Das Telefon klingelte, und Pip Hills war am Apparat. Er sagte, sie hätten eine Verkostung, ein Treffen der wenigen Kenner, welche die Whiskys auswählten und dann beschrieben, die der Society angeboten wurden. Ob ich nicht kommen wollte?

Ja. Gerne. Gut, das Treffen sollte in einer Stunde in Leith stattfinden.

Ich werde jetzt ein Geständnis ablegen.

Auf einem Trip in das bereits erwähnte Jerusalem (nee, aber ich muß doch sagen ...) wurde ich einmal zum Thorastudium bei einem weltberühmten Gelehrten eingeladen. Meine Frau und ich kannten beide sein Werk, und so war die Aussicht, ihn kennenzulernen, aufregend für uns. Dann wurde uns mitgeteilt, das heißt, wir wurden daran erinnert, daß seine besondere Glaubensrichtung keine Frauen zum Studium zulasse. Also haben wir mit Bedauern die Einladung ausgeschlagen.

Sie sehen schon, worauf die Geschichte hinausläuft.

Ja, Pip, sagte ich, ich würde gerne zu dem Verkosten kommen, aber wäre es deiner Meinung nach vielleicht unangebracht, wenn ich meine Frau mitbrächte?

Er antwortete, seiner Meinung nach wäre das nicht gerade das Wahre, und so befand ich mich in der Situation, daß ich mich fragte, ob ich womöglich die Sorte Mann war, der die Möglichkeit zu religiöser Erleuchtung/Aufklärung ausschlug, weil seine Frau davon ausgeschlossen war, aber eine ähnlich exklusive Einladung zum Probieren von Whisky sehr wohl annahm.

Ja, genau der Typ Mann war ich. »Darling«, sagte ich, »ich muß nach Leith. Warte nicht auf mich und gehe ruhig schlafen.«

Ich schwärme für Schottland und liebe es heiß und innig. Eines Nachmittags durchstreifte ich die Botanik – in den Royal Botanical Gardens in Edinburgh, denen es gelungen ist, ein unübertrefflich schöner Fleck zu werden, auch wenn sie voll sind von, ja, was sich eben nur beschreiben läßt mit dem Wort »Pflanzen«. Ich stand also in der Schlange vor der Kasse im Café hoch oben und schaute durch die Fenster hinaus auf eine weit entfernte Kathedrale und die Pentland Hills dahinter.

Am Tag zuvor war ich auf einer Hochzeit gewesen, in der Rosslyn Chapel, gleich neben oder vielleicht sogar mitten in jenen Bergen. Viele Männer trugen Kilts.

Hinterher hat mir jemand erzählt, daß Rosslyn Chapel der heiligste Ort für die Freimaurer der Welt ist. Er hat mir erzählt, daß der Heilige Gral in Rosslyn Chapel begraben ist, daß die feinziselierten Steinmetzarbeiten rund um die Türen dem Teufel geweiht sind und daß diese in Stein gemeißelten Zeichen von den komplizierten Feinheiten einer Religion zeugen, die weit älter ist als das Christentum.

Er führte mich zurück in die Kirche und zeigte mir die »Lehrlingssäule«. Sie ist ein außergewöhnlich fein verschlungen-ziseliertes, aber trotzdem schönes Werk der Steinmetzkunst, eine Säule nahe dem Altar.

Die anderen Säulen der Gruppe sind eher schlicht, doch diese eine steht einzig da, umgedreht und bearbeitet, die Ausgewogenheit störend, doch wenn ich so sagen darf, gibt sie der Gesamtwirkung erst ihr ziemlich schönes Gewicht.

Einem Lehrling, so erzählte mir der Mann, wurde die Arbeit an dieser Säule aufgetragen.

Als der Steinmetzmeister dann sah, wie schön die Säule geraten war, befahl er, den Lehrling zu töten.

Der mir das erzählte, hätte noch hinzufügen können, daß auch der Lehrling in der Kirche begraben wurde; aber falls er mir das auch tatsächlich erzählt hat, war und bin ich auch jetzt noch entschlossen, es außer acht zu lassen, weil seine beiden so disparaten wie faszinierenden Geschichten sonst auf eine gemeinsame fixe Idee hinauslaufen würden, die an Unglück grenzt.

Rosslyn Chapel ist eine Pracht. Klein, kalt und Steinmetzarbeiten überall.

Mich schauderte bei dem Gedanken an die Geometrie – oder ist es vielleicht die Trigonometrie –, die nötig war, die Steine auszurichten. Ich mußte an den alten Spruch denken, daß Jahrhunderte an den Kathedralen gebaut wurde, doch es findet sich nirgendwo an ihnen der Name eines Baumeisters.

Bilde ich mir das nur ein, habe ich mich gefragt, oder wiederholen diese Geschichten immer und einzig und allein Leute aus dem zweiten Glied?

In diese Gedanken war ich versunken, als ich mich in der Schlange vorwärts schob, und das hübsche junge Mädchen an der Kasse sagte: »Fritz Kahn.«

Fritz Kahn, dachte ich. Ja, Architekt. Nein. Wenn er Architekt ist, dann heißt er Louis Kahn. Oder Robert Kahn ...

»Fritz Kahn?« fragte sie.

Ich nickte, um Zeit zu gewinnen. Es gibt garantiert einen Architekten, der so heißt. Aber woher konnte sie wissen, in welche Richtung meine Gedanken gingen?

»Fritz *Kahn*, Sir ... ?« fragte sie.

»Entschuldigen Sie«, sagte ich. »Könnten, könnten ... könnten Sie das ganz langsam wiederholen?«

»Wolln Sie einen Fritz Kahn?« fragte sie wieder und zeigte auf die Kuchenauslage, in der ein Schild auf das Angebot des Tages aufmerksam machte: *fruit scone*.

Und ich bleibe doch dabei, daß es einen Architekten gibt oder zumindest geben sollte, der so heißt.

Und ich verbrachte einen wundervollen Vormittag in einem Café namens Dingsbums-Soundso, oben neben dem Schloß. Ich saß an einem Tisch in der ersten Etage, von wo ich einen etwas schrägen Blick hinunter auf die Stadt hatte und bis zum Fife sehen konnte, und ich trank eimerweise Kaffee, stopfte mich mit allerlei Gebäck voll, schrieb eifrig und beobachtete ganze Heerscharen junger Leute beim Flirten und Knutschen.

Auch die jungen Leute machen in Edinburgh einen glücklicheren Eindruck. Na schön, ich steh auf alles, was aus Schottland kommt – Jean Redpath, James Bonds Haushälterin, meine Frau.

Ach so, ja, ich muß dann mal nach Leith, sagte ich.

Wir haben uns im Sitzungssaal der Vaults versammelt. In einer Wand befand sich eine niedrige Nische, die vom Boden bis oben vielleicht höchstens eins sechzig hoch war.

Bei meinem ersten Besuch hatte Pip mich raten lassen, wozu sie wohl diente.

Ein Platz für eine Skulptur war mein Gedanke, der aber nicht so interessant war, ihn als meine Vermutung zu äußern. »Keine Ahnung«, sagte ich deshalb. Am meisten ähnelte es der »Sargecke« genannten Nische in einem amerikanischen Treppenhaus.

Davon hatte Pip noch nie etwas gehört, und damit hatte ich mein Ziel erreicht, ihn – für dieses eine Mal – von seinem Platz als Mysterienmeister zu vertreiben und mich selbst darauf zu inthronisieren. Aber anscheinend war die Nische in längst vergangenen Tagen der für den Auktionator bestimmte Platz gewesen (Sie erinnern sich, daß die Vaults schon vor sechshundert Jahren als Lagerhaus und Auktionshaus für Sherry genutzt wurden).

Damals waren, wie es scheint, die Menschen ein bißchen kleiner. In der Nische stand also der Auktionator, und den restlichen Raum bevölkerten die möglichen Käufer, die die Ware begutachten und ihre Angebote abgeben sollten.

Nee, aber ich muß noch sagen, es war genau die Art Fete, zu der ich an diesem Abend eingeladen worden war.

Ich bin ganz respektvoll mit Jackett und Krawatte erschienen. Alle anderen waren ganz nach Gusto angezogen – Jeans und Lederjacke, Jeans und Sportsakko, zwei der Herren im Anzug.

Die Verkoster waren Männer im Alter von Mitte vierzig bis Mitte achtzig. Der jüngste war Weinhändler, der älteste David Daiches, Verfasser des bereits erwähnten Buches über Scotch Whisky in Vergangenheit und Gegenwart; anwesend waren außerdem ein Physikprofessor, ein Handelsmann, ein Rechtsanwalt, ein Mensch, den ich für einen Ex-Militär hielt, Pip und ich – insgesamt waren wir acht.

Angefangen haben wir mit einem portugiesischen Wein, den der Weinhändler mitgebracht hatte.

Das war ein erstaunlich guter Tropfen, und er hieß Quinta de la Rosa, ein 92er.

Wir aßen einen Cracker mit etwas Käse und dann setzten wir uns hin.

Es war so gut wie ein Pokerspiel.

Acht Whiskys warteten darauf, von uns probiert zu werden, acht Gläser standen vor uns, dazu ein Krug Wasser und ein Gefäß zum Ausspucken.

Pip fing an. Er nannte den Whisky beim Namen (diese Information stand aber nicht auf dem in Flaschen abgefüllten Angebot für die Mitglieder der Society) und reichte die Flasche in der Runde herum. Wir schenkten uns alle einen kleinen Schluck ein und sprachen dann in dieser Reihenfolge darüber: Farbe, Bukett. Wie sich das Bukett nach der Beifügung von Wasser veränderte. Geschmack. Allgemeiner Eindruck.

Dann gaben wir unsere Punkte ab, von eins bis zehn, und zehn war die höchste Wertung.

Ich habe mir sagen lassen, daß unser Geruchssinn weitaus empfindlicher ist als unser Geschmackssinn; beim Schmecken unterscheiden wir im Grunde nur zwischen süß, sauer, salzig und bitter, aber für Gerüche stehen uns praktisch unendlich viele Beschreibungen zur Verfügung.

Um das Bukett zu beurteilen, hielten die Herren die Nase übers Glas, ließen – wie zu erwarten – den Inhalt wirbeln, rieben ihn sich auf den Handrücken (das war der Test für »Rauch«, der sich beim Verdunsten des Whiskys im Bukett entfaltete) und verrieben ihn auch zwischen den Handflächen. Bevor die Verkostung begann, brachte Doogie – der wohl etwa einen Rang zwischen Faktotum und Kopf der Organisation einnahm, wenn man danach ging, wie Pip ihn behandelte –, brachte also Doogie eine Keksdose herbei, die dem Anschein nach verkohlte schwarze Stoffreste und Korken enthielt.

Einige Männer schnüffelten am Inhalt der Dose.

Anscheinend hatte auf der letzten Kostprobe einer der Herren geäußert, der Scotch schmecke leicht nach »Zapfenlappen«, und ein anderer hatte gefordert, daß für die nächste Sitzung eben ein Zapfenlappen zur Kontrolle herbeigeschafft werde, damit er ihn leichter als solchen bei künftigen Proben identifizieren könne.

(Ein Zapfenlappen ist natürlich jener Lappen – aus Rupfen, Sackleinwand oder Hanf- und Jutesackzeug –, der über den Zapfen oder »Stöpsel« gestreift wird, damit dieser sich enger ins Spundloch einpaßt.)

Diesen Zapfenrest hatten die Sedimente im Faß geschwärzt. Er hatte einen scharfen und ziemlich angenehmen Geruch. Ich nahm mir etwas von dem Lappen, zerrieb es zwischen den Fingern und schnüffelte daran, weil mir das als eine vernünftige Beschäftigung für einen vorkam, der keine Ahnung hatte, was er da eigentlich tat.

Also haben wir angefangen.

Brennerei Sondunso – keine Namen.

Sechzehn Jahre alt. Wasser bringt den Pfeffer heraus. Eichig. Mehr Islay als Orkney.

Kommentare reihum vom Tisch. Färbung gelb. Torf und fruchtig. Pfirsich. Pfefferig. David Daiches identifiziert die Herkunft, der Whisky ist in einem Faß Fino Sherry gereift.

Unter Zugabe von Wasser verflüchtigt sich die Torfigkeit. Bringt auch die Salzigkeit heraus. Leichter Oberton von Birne. Wird klarer. Dann wieder pfefferig. Schmeckt dünn. Braucht eine Menge Wasser. Vier Punkte. Allgemeine Übereinstimmung. Ab damit in die Ewigkeit.

Der Kommentar von Mr. Daiches erinnert mich an eine Geschichte, die Zino Davidoff in seinem schönen Buch *Connoisseur's Book, of the Cigar* erzählt: Zwei Kubaner kommen in seinen Laden. Einer sucht sich eine Zigarre aus und offeriert sie seinem Begleiter; der nennt nicht nur ihren Hersteller, sondern auch das Herstellungsjahr und identifiziert darüber hinaus auch noch das Deckblatt, das Umblatt und den Wikkel, die drei verschiedenen Tabaksorten, aus denen eine Zigarre besteht. Davidoff gesteht, beeindruckt zu sein, und beklagt, daß mit der Emigration der alten

Zigarrenmanufakturen aus Kuba solche Sachkenntnis zum Aussterben verurteilt sei. Genau diese Art Sachkenntnis habe ich an unserer Tafel gesehen, und ich war so beeindruckt wie entzückt und freute mich dazuzugehören.

Thorstein Veblen erinnert uns daran, daß in jedem Metier und auf jedem Gebiet der übermäßige Gebrauch eines Fachjargons nur dazu dient, uns Sand in die Augen zu streuen. Aber hier rund um den Tisch wurde nicht in einem Fachjargon geschwafelt, hier redeten engagierte Amateure liebevoll vom Objekt ihrer Bewunderung, und zwar in einer ziemlich bezaubernden Alltagssprache. Wir hörten die Bezeichnungen – später Abzug, früher Abzug, zweite Faßfüllung –, doch ging es hauptsächlich darum, mit konkret treffenden Worten das Flüchtige zu beschreiben: Orangenschalen, zitrusfruchtig, Süße von Marzipan, fast wie Sardellen, hefiger Nachgeschmack. Sehr rein, guter Frühstückswhisky, guter Apéritif ...

Im Clubraum der Mitglieder hängt ein Schild mit der Aufschrift, daß Kennerschaft das Gegenteil von Trunkenheit ist; und man hätte wahrlich keine respektvollere Haltung antreffen können als die im Raum herrschende. Die Koster gaben sich ganz der Aufgabe hin, ein geliebtes heimisches Erbe zu bewahren und zu mehren – das örtliche Erzeugnis, der Single Malt mit seinen Launen und feinen Eigenheiten, die jeweilige Brennerei, Jahrgang und Faß, war ihnen von ebenso großer Bedeutung wie den Burschen in Bordeaux der Wein ist. In der besten schottischen Tradition war ihre Fachkenntnis nicht die einer Elite, sondern das Recht des einfachen Bürgers, die guten Dinge seiner Heimat zu genießen.

Jedenfalls freute ich mich, dort zu sein.

»Leinöl.«

»Gummi ...? Bringt das Wasser das Gummi ...?«

»Sackzeug?«

»Verbene.« (Alle kichern.)

»Verklemmter Arsch.« (Korrigiert zu: »spröde/verstockt/zurückhaltend«).

a) »Ich finde ihn schlammig.«

b) »Da hast du mit dem Schlamm, den du geschmeckt hast, aber großes Glück gehabt.«

Und so ging es reihum. Rußig. Sägespäne. Karamel, wurde korrigiert zu »verbranntem Toffee«. Brackig. Genau die Art Whisky, die eine Lady in der Handtasche bei sich haben sollte (das war die aggressivste Schmähung des ganzen Abends). Mehr wie Moschus. Fahrradsattel (mit naheliegenden Abschweifungen). Muskat. Zimtapfel ...

Mir fiel auf, daß sich die meisten Beschreibungen Wörtern aus der Kindheit bedienten. Klar, natürlich, damals waren die Sinne noch viel mehr geschärft. Für ein glückliches Kind ist das Leben einfacher, und die besonderen Genüsse, die besonderen Vergnügen sind tatsächlich noch Vergnügen.

Hauptsächlich eines machte das Verkosten so herrlich, entzückend und von schicklicher Angemessenheit: Wir gaben uns einem Vergnügen hin, das legitimerweise zum fortschreitenden Alter paßt. (Erinnert Escoffier uns nicht daran, daß die Gaumenfreuden bleiben, nachdem sich alle anderen Freuden verabschiedet haben?)

Unser vorletzter Whisky war dreißig Jahre alt. Ich meinte vorlaut, der müsse wahrscheinlich ziemlich gut sein, und mir wurde erwidert, ja, möglich, oder aber auch ziemlich grauenhaft. Er war rötlichdunkel. Es wurde reihum still am Tisch, während die Männer schnupperten. Wir hörten: »Schwer faßbare, aber berauschende Nase.« »Muß aus einer zweiten Faßfüllung stammen – kein Holz in der Nase.« »Frische Ingwerwurzel guter Qualität«, sagte einer.

Wasser wird hinzugefügt, wir probieren, Gespräche geraten außer Rand und Band. »Stärkste Note Zimt, Kaneel.« Pause.

»Sehr edel«, stimmen alle überein. Pause. »Gewürze stürzen auf den Gaumen ein.«

Der Tropfen bekommt eine Acht, die höchste Note aller Whiskys, die wir in zwei Sitzungen probiert haben.

Zögernd gehen wir an den letzten Probierschluck des Abends; der schmeckt keinem. »Meilenweit entfernt vom Freudenfeuer«, sagt einer. »Saure Soße.« Pause. »Saure Soße.« Er bekommt eine elendige Vier, damit ist das Tagesgeschäft getan, und wir kommen alle wieder auf den vorherigen Whisky zurück (Inchgower, 1966).

Ich bekomme eine Einladung für die nächste Woche.

Da probieren wir noch einen Dreißigjährigen, der hat den Alters- und Reifeprozeß nicht gut überstanden.

»Ganz wie von einem alten Whisky zu erwarten, gibt er keine individuellen Düfte von sich. Dieser Whisky ist das perfekte Beispiel dafür, daß das Naturgesetz, das Naturrecht sich durchsetzt – nur die Reichen und Irregeführten werden sechzig Pfund für eine solche Flasche zahlen.«

Am selben Abend hören wir auch noch: »Wie die Meeresbrise übers Gras weht«, und von einem 1979er Bruichladdich: »Nicht nur ein Gleichgewicht der Kräfte, sondern auch Koexistenz«, und danach: »Die Brennerei hat gerade dichtgemacht. Echte Schande.«

Ich erinnere mich an einen wunderbaren Gasthof mit Restaurant in South Royalton, Vermont. Französische, sehr leichte Küche, und das Essen war scharf und unverfälscht, eben gerade richtig. Zehn Jahre gehen ins Land, und ich bin wieder da. Der Laden hat immer noch denselben Namen, ist aber in andere Hände gewandert, irgendein Konsortium hat ihn übernommen.

»Wie ist das Essen?« frage ich. »Immer noch gut?«

»Nun«, sagt der junge Mann, »es ist weit konsistenter.«

Aha. Eugene Debs hat gesagt, man kann sich auf die Seite der Freiheit schlagen und wird wahrscheinlich verlieren, oder man kann für die Sklaverei votieren und wird mit Gewißheit gewinnen.

Unsere heutige Zeit, unser Zeitgeist stuft das »Gewinnen« höher ein als alles andere.

Die proletarischen Genüsse der Provinz, frisches und einfaches Essen und Trinken – die örtliche Bäkkerei oder Brauerei, die Kleinbrennerei, handgepreßter Apfelwein – werden nur noch von einigen wenigen genossen. Die Bruichladdich-Brennerei wurde geschlossen (1979 – »zarter, wunderbar ausgewogener Whisky, ein Getränke höchster Feinheit«), und die Lektion von Babel, die wir tagtäglich immer wieder erkennen, lautet: Wenn sich zu viele von uns zusammentun, ja zusammenrotten, müssen wir ganz einfach Unheil anrichten.

Vor langer Zeit habe ich geschrieben, daß die Mode ein Versuch ist, sich von anderswo Tragik zu entlehnen. Im Rückblick auf dieses naive, sagen wir

Manifest, frage ich mich, ob es trotz seiner Dramatik schließlich und endlich doch stimmen könnte.

Das weiße Amerika drückt sich durch afrikanisch-amerikanische Musik und jüdische Filme nicht nur aus, sondern definiert sich durch sie auch in hohem Maße.

Das viktorianische England ist mit Scotts Waverley-Romanen aufgewachsen und groß geworden; aber England konnte die Würde und Tragik der schottischen Niederlage nicht »haben« – es heißt, ein Verlierer kann nicht genug zu essen bekommen, und ein Gewinner kann nicht schlafen –, also haben sich die Engländer den buntkartierten Tartan und *Waverley* angeeignet, haben ihre schottischen Regimenter herausgeputzt und verherrlicht und sich angewöhnt, Scotch zu trinken.

Pip Hills und ich saßen in seiner Küche in New Town, Edinburgh.

Die Küche schmückte ein feuerwehrroter Aga – jene Kombination aus Ofen-Backofen-Herd, die das beste aller britischen Erzeugnisse ist.

Wir tranken hervorragenden Kaffee und wurden gesprächig. Wir sprachen von Dingen, die vollkommen in ihrer Art sind – selbstverständlich vom Aga; ich nannte den Lagavulin, den Land Rover mit achtundachtzig Zoll Radabstand, die alte Rolex Explorer. Er fragte, ob ich den schönsten Gegenstand sehen wolle, den er je gesehen habe.

Er präsentierte etwas, das nach einer kleinen Dampfmaschine aussah – das ganze Ding vielleicht zehn Zoll in der Länge und fünf in der Höhe.

»Na, was ist das?« fragte er.

»Keine Ahnung. Sieht aus wie das Miniaturmodell einer Dampfmaschine.«

Er schüttelte den Kopf.

Es war ein Stirling-Motor. Entworfen und zum Patent angemeldet von einem Mr. Stirling, einem schottischen Geistlichen im 19. Jahrhundert.

Der Motor arbeitete, so Pips Erklärung, mit Hitze. Ein Zylinder wird Hitze ausgesetzt, die daraus resultierende Ausdehnung im Zylinder bewegt einen Kolben, wodurch in dem Zylinder ein Unterdruck entsteht, welcher wiederum einen anderen Kolben in Bewegung setzt.

Seine Leistungsfähigkeit, so Pips Erklärung, betrug nur sechs Prozent – beträchtlich weniger als eine Dampfmaschine leistet –, und einhundertfünfzig Jahre hatten die Ingenieure vergeblich nach einer Anwendung gesucht.

Dann bemerkte eines Tages, so Pip, jemand, daß die Untauglichkeit als Motor eine Kehrseite hatte, nämlich die Tauglichkeit als Wärmepumpe – und heute wird eine Weiterentwicklung der alten Maschine dazu genutzt, die von Supercomputern erzeugte Wärme abzuleiten.

Es war eine schöne Maschine. Aber es kam mir übertrieben vor, sie den schönsten Gegenstand zu nennen, den er je gesehen hatte.

Nach reiflicher Überlegung ist mir allerdings aufgegangen, daß die Schönheit nicht von der Maschine an sich ausging, sondern auf der Maschine samt ihrer Geschichte beruhte – denn es hatte einhundertfünfzig Jahre des Nachdenkens gebraucht, ihre Einfachheit und ihren Wert zu erkennen, und als der Stein, den die Baumeister verschmäht hatten, zum Grundstein geworden war, kam auch die so schnell sich drehende, sich selbst so wichtig nehmende Welt wieder nach Schottland zurück.

Messer

Rostfreien Stahl kann ich nicht ausstehen. Er bringt mich auf die Palme.

In einem Toaster lasse ich ihn mir noch gefallen, aber ich sehe nicht ein, was er in einer Messerklinge verloren hat.

W. Grigg arbeitete in Orlando für Randall's, und er bot erst in deren Auftrag, dann selbständig das herrlichste Daddy Barlow (großes Klappmesser) an, das ich je gesehen habe. Es war so massiv wie gediegen – hatte einen Sperrmechanismus, der allen Umständen gewachsen war, als wäre er für die NASA entwickelt worden, Seitenbeschläge aus Elfenbein, und leider auch eine rostfreie Stahlklinge. Und eben die schmälerte für mich den Rang des Messers und machte aus einem vorzüglichen Werkzeug ein vorzügliches Artefakt – so etwas wie ein daunengefülltes Hawaiihemd. Wohin hat uns der »Fortschritt« nur gebracht?

Wozu in aller Welt, frage ich, dient all dies Zeug?

Wenn man die heutigen Fahrten- und Taschenmesser mit den weltweit vertriebenen Massenerzeugnissen der zwanziger und dreißiger Jahre vergleicht, möchte man am liebsten heulen.

Jene alten, graugesprenkelten Klingen, mit denen konnte man noch *schneiden*. (Ich habe so eins gerade in der Tasche, ein viktorianisches Joseph Rogers *»congress jack«* Klappmesser mit vier Klingen. Schmutzige Hirschhornschalen, fleckige und abgewetzte Klingen, doch die kann ich so scharf schleifen, daß sich Haare damit abrasieren lassen.)

Das Messer aus rostfreiem Edelstahl kommt mir einfach nicht richtig vor. Ich halte es an den Schleifstein und habe das Gefühl, als wollte ich die vordere Stoßstange eines Chevy schärfen. Es will einfach nicht mitmachen.

Allerdings war ich auch von Anfang an dafür verdorben. In den fünfziger Jahren habe ich eins jener Elf-Dollar-Gürtelmesser aus dem Herter-Katalog gekauft, und das war schon und ist wirklich noch ein Messer. Stahl erster Wahl, der Hand angepaßt, kein Schutzblatt, nur die Klinge mit festem, vollem Griffzapfen, und die Holzschalen waren aufgenietet. Vor drei Jahren, auf der Morrisville Gun Show, habe ich für vier Dollar einen Ersatz für mein erstes gefunden, und ich hüte das neue Messer wie einen Schatz.

Das einzig andere wirkliche Schnäppchen habe ich vor rund fünfzehn Jahren auf einem Markt namens Mud City in der Nähe von Stowe gefunden. Für drei Dollar gab's da ein beinernes Russell Daddy Barlow in, wie ich sagen würde, hervorragendem Zustand. Ich habe es ein Jahr benutzt, dann habe ich es per Post an einen bekannten Händler verkauft, und wenig später habe ich es wiedergesehen, und zwar auf dem Titel eines Messermagazins. Hätte ich es bloß behalten. Na ja.

Als ich vor ein paar Jahren krank war und das Bett hüten mußte, lag aus irgendeinem Grunde ein Messermagazin auf meinem Nachttisch; um mir die Zeit zu vertreiben, habe ich an alle in dem Heft erwähnten Messer-nach-Maß-Macher geschrieben, und mit einigen habe ich in der Folge auch Geschäfte gemacht.

Bemerkenswert unter diesen Leuten war Bill Bagwell, der mir zum Freund und Jagdkumpan geworden ist (und wenn ich jetzt hinüber zum Glenwood-Ofen schaue, sehe ich unter ihm einen mit Bagwells Zeichen versehenen Schürhaken mit Ziegenkopf, den er eines Abends in der Schmiede hinter seinem Haus im Osten von Texas für mich gemacht hat).

Bill hat mich sowohl für rostfreien Stahl wie auch die »stock-removal-Methode« verdorben (das Herstellen von Messern durch Abschleifen von Metallstangen).

Ich habe zugesehen, wie Bill seine Messer handschmiedet, wie er die Klinge an einer Stelle verdickt, an der anderen leichter macht, und ich habe gesehen, wie diese Messer schneiden, sie sind alles andere als zum Lachen. Eine seiner dramatischeren Demonstrationen sieht so aus: Er bindet vier Holzstäbe von je einem Zoll Durchmesser zusammen und hackt alle vier mit einem einzigen Schlag eines Bowiemessers durch.

Er war auch so freundlich, mir Unterricht im Schärfen zu erteilen, wofür ich ihm dankbar bin.

Wie viele Messerschmiede (wie übrigens auch viele andere Handwerker) ist Bill ein konträrer Geist. Er schleift eine Klinge genau anders, als man es mich (und Sie) gelehrt hat und wie wir es in allen einschlägigen Magazinen und Schriften beschrieben bekommen haben. Er zieht die Klinge *weg* von der Schneide, bis sie sich über den Faden oder Grat auf die andere Seite dreht, und dann wischt er den Grat sehr vorsichtig ab.

Und dann haut er das Messer durch ein Kantholz zwei mal sechs Zoll, und dann rasiert er Haare ab.

Eine ganz schöne Demonstration. Was uns zum ursprünglichen Zweck des Instruments zurückbringt: Man soll damit schneiden können.

Wenn ein Messer sich nicht schärfen läßt, wenn es nicht scharf bleibt, wozu in aller Welt sollte man es dann bei sich tragen? Ich glaube, viele von uns haben es schon mal erlebt – da ist man mitten im Wald, will einen Ast oder zwei zu Anzündspänen schnitzen und muß feststellen, das Messer ist stumpf. So eine Pleite ist zum Verrücktwerden und erweitert den Wortschatz um so einiges.

Auf ein Taschenmesser kann man sich im Wald immer verlassen, wenn auch auf nichts anderes, als daß es verloren geht.

Ich bin in einer Zeit aufgewachsen, die gerade noch vor den mehrklingigen Klappmessern der Marke Buck liegt, und ich habe mich nie so ganz damit anfreunden können, daß ein Taschenmesser in die Gürtelscheide gesteckt werden soll. Das erinnert mich sehr an das deutsche Förstermesser – das Klappmesser mit Scheide, so lieb und teuer dem Europäer.

Ich sage: rein oder raus. Ist es ein feststehendes Messer, so gehört es beim Tragen in die Scheide. Ist es ein Klappmesser, so gehört es in die Tasche.

Klar, es geht schließlich doch verloren, aber bis dahin brauchen Sie nicht rumzulaufen wie ein überängstlicher Tourist, mit so etwas wie einem Taschenschutz am Gürtel.

Das Taschenmesser sollte man immer in der Tasche haben. Bei den Viktorianern hat es geheißen, daß ein Gentleman den anderen nie nach der Zeit fragen und ihn nie bitten dürfe: »Darf ich mir Ihr Messer borgen?« Er sollte sein eigenes Messer und seine eigene Uhr haben. Ich stimme damit völlig überein. Das Taschenmesser gehört in die Tasche, und wenn es verloren geht, besorgt man sich ein neues.

In den meisten Trödelläden und billigeren Antiquitätengeschäften gibt es Vitrinen, in denen man ein gutes, preiswertes altes, nichtrostfreies Taschenmesser finden kann.

In vielen Werkstätten werden schöne, maßgeschneiderte Klappmesser hergestellt. Ich habe selbst welche besessen, und erst landen sie in der Wäsche, und am Ende auf dem Mond, auf Nimmerwiedersehen wie die berüchtigten achtzehn Minuten der Nixon-Watergate-Tapes von Rosemary Woods.

Als ich zu sammeln anfing, konnte man auf einer New Yorker Antiquitätenmesse der mittleren Klasse Bowiemesser von Wostenhom und Rodgers bekommen, verziert mit Inschriften wie TOD DER SKLAVEREI, TOD DER ABSCHAFFUNG DER SKLAVEREI, CALIFORNIA KNIFE und allen den anderen Sprüchen des viktorianischen Exporthandels – wunderschöne Zeugnisse der Geschichte, für nur wenige hundert Dollar. Und ich kann mir immer noch in den Bauch beißen. Ich habe sie nicht gekauft. Da waren Dolche und Prostituiertenmesser von Will and Fink aus San Francisco zu sehen, Dolchklappmesser von Wade und Butcher und so weiter; diese Messer liegen heute als Leihgaben in Museen oder sind bei Butterfield auf der Waffenauktion gelandet.

Meine Sammlung ist mehr der Nützlichkeit verpflichtet. Ich besitze einige gute Stücke von R. H. Ruana, ein paar Marbles IDEAL, ein Remington U. M. C. nach dem gleichen Muster (vielleicht ist es auch von Marbles hergestellt worden), Jagdmesser, Campmesser und Bowies von Mr. Bagwell und eine Kiste mit alten Klappmessern, die alle, bis auf zwei, wenig bemerkenswert sind, bzw. waren, das I. X. L.-Reklamemesser mit dem Perlmuttgriff, das verlorengegangen ist, und das Taschenmesser mit Elfenbeinbeschlägen eines viktorianischen Gentlemans, das ich gerade vor mir aufgeklappt habe.

Das ist das herrlichste Taschenmesser, das ich je gesehen habe. Es besitzt eine riegelgesicherte Drei-Zoll-Klinge in Speerform, ein Federmesser, einen Korkenzieher, einen Stiefelknöpfer, eine Ahle, Zahnstocher, eine Schere, Nagelfeile und eine Pinzette. Das alles ist eingepaßt in die Form eines Ärmelbügelbretts, und das silberne Wappenschild trägt die Aufschrift: »Sir H. H. Pollock, Bart.«

Außerdem ist es glatt wie Glacé und könnte einen fast auf den Gedanken bringen, sich mit Gürtelscheiden für Taschenmesser anzufreunden.

Es trägt das Herstellerzeichen »Thomas Turner and C. Suffolk Works«, und es ist eine wahre Wonne. Die Ausrüstungsteile passen sich eng und unaufdringlich, ohne daß sie hervorragen, dem Gehäuse ein und sind zum Gebrauch gemacht.

Es ist das genaue Gegenstück zum Schweizer Armeemesser, eines jener Allzweckinstrumente, die anscheinend für alles zu benutzen sind, nur nicht zum Schneiden.

Ich bin kein Freund des Mehrzweckwerkzeuges. Diese Gattung scheint mir hauptsächlich aus hermaphroditischen Geräten zu bestehen, die für vielerlei Tätigkeit ein bißchen zu gebrauchen sind und dann ihren unterhaltsamen Beitrag zur Lage leisten, indem sie kaputt gehen.

Eine Ausnahme: Ich erinnere mich an Randalls Werbung von früher (und ihre heutigen Kataloge belehren mich, daß sie immer noch damit werben), daß sie ins dicke Ende eines Messers einen kleinen Kompaß einbauen können – bahnbrechend mit diesem Einfall war Bradford Angier, glaube ich. Ich habe das immer für eine ziemlich affektierte Sache für Greenhorns gehalten, bis ich mich zum ersten Mal selber allen Ernstes im tiefsten Wald verirrt habe. Augenblicklich bin ich der Meinung, daß keine Tasche, kein Gerät durch einen hinzugefügten Kompaß nicht noch verbessert werden könnte.

Aber Schönheit und Nützlichkeit eines jeden Gerätes beruhen schließlich und endlich auf der Zielstrebigkeit und dem Talent desjenigen, der das Werkzeug so entwirft, daß es der Aufgabe gewachsen ist.

Was uns zurückführt zur Philosophie. Ich kann meine Taschenmesser als praktische Heber benutzen, um die Holzofentür zu öffnen; als ich mit einem Buckmesser herumgelaufen bin, habe ich entdeckt, daß das dicke Metallende sich gut als Hammer benutzen läßt; mit dem Schweizer Armeemesser läßt sich, wie wir alle wissen, ganz gut ein Splitter entfernen, aber am Ende ändert das alles nichts daran, daß ein Messer zum Schneiden da ist. Deshalb und dafür sollte es aus einem Stahl gefertigt sein, mit dem sich schneiden läßt, es sollte (vorzugswseise) in eine Form geschmiedet und/oder geschliffen sein, die zum beabsichtigten Zweck des Schneidens paßt, und die Klinge sollte in einem Griff stecken, der ergonomisch für die zu bewältigenden Aufgaben taugt.

Mr. Bagwell rät zu einem (und trägt es selber) großen (neun bis zwölf Zoll langen) Bowiemesser für den Wald. Das ist keine machohafte Überkompensation.

Es dient nicht dem Häuten von Wild oder der Abwehr und Überwältigung von Bösewichtern; es ist einfach ein Ersatz für ein Handbeil, und für diese Aufgabe ist es wie geschaffen. Für alles, was in einem Camp in der Wildnis so anfällt, einschließlich des Häutens, hat er ein Fünf- oder Sechszoll-Fahrtenmesser dabei, ganz so wie ich auch.

Ich meine ein kleines, einschneidiges (wahrscheinlich rund auf die Spitze zulaufendes) Gebrauchsmesser mit schmalem Griffzapfen und wahrscheinlich einer Halbsperre. Damit läßt sich ein weicher Baum zuschneiden, ein Zelthering anspitzen, ein Topf vom Feuer heben oder auch Wild ausweiden – von wie vielen anderen Werkzeugen kann man das schon sagen?

Wir haben alle die verschiedensten Outfits und Ausrüstungen, die gut aussehen, doch in den Wald nehmen wir Gegenstände mit, weil wir uns auf sie verlassen können, und wenn sie nicht so funktionieren, wie es nötig ist, verzichten wir das nächste Mal auf sie. Ich nehme ein Bagwell-Campmesser mit, in ein oder zwei Taschen stecke ich ein verräterisches Taschenmesser, und im Rucksack verstaue ich wahrscheinlich noch ein altes Marbles Safety Beil. (Das Bowiemesser, wie ich zugeben muß, ist für die Arbeit besser geeignet, aber wir haben doch alle über die Jahre in zu vielen Zeitschriften zu viele Artikel von einem Burschen gelesen, der einen Wapiti mit einem Taschenkamm ausgeweidet hat; dem Kerl möchte ich nun wirklich nicht auf der Pirsch begegnen und mich möglicherweise gezwungen sehen, mich selbst zu erklären. Ist das ein Charakterfehler? Ganz bestimmt.)

Wenn ich in der Stadt auf die Straße gehe, stecke ich mir ein altes Klappmesser von Robeson, von Rogers oder auch ein Case Serpentine in die Tasche. (Alle meine Taschenmesser – Cenofante, Bagwell-Pardue, Teruzola usw. – sind, wie gesagt, auf dem Mond gelandet.)

Ein Wort übers Stöbern.

Als Junge habe ich mich gerne im Waffen-und-Messer-Saal von Marshall Field's Men Store und auf der Wabash Avenue bei Abercrombie und Fitch/V.L. + A rumgetrieben, und aus der Vitrine im letztgenannten Laden habe ich mein erstes Randallmesser gekauft – ein Vogel- und Forellenmesser, das längst den Weg alles Stofflichen gegangen ist. Es ist mir eine Freude, feststellen und berichten zu dürfen, daß ebenjener Geist informierter und freundlicher Hilfe, den ich damals gefunden habe, offenbar weiterlebt: bei Stoddards Cutlery in Boston, in der Messerabteilung von Paragon Sports in New York, bei Bruce Voyles, bei den vielerlei Versandgeschäften von A. G. Russell und auf der Verkaufsausstellung New York Custom Knife Show – urbanen, modernen Versionen ländlicher Floh- und Antikmärkte.

Das Sammeln von Messern hat mir immer große Freude bereitet. Ich wünschte, ich hätte ein Exemplar des Grigg Daddy Barlow behalten, über das ich anfangs hergezogen bin. Es war ein Kunstwerk.

Ich wünschte, ich hätte bei der New York Knife Show das eine California-Bowie gekauft, oder auch das rostige, abgewetzte Randall-Kampfmesser, das ein Kerl in Hyder, Alaska verkaufen wollte. Es war arg mitgenommen, fiel schon auseinander, die Lederdichtungen waren durchgefressen, aber das Messer war weit rumgekommen und hatte einiges mitgemacht; seine Scheide trug die Inschrift H. HEISER. Wir lagen nur fünf Dollar auseinander, und wahrscheinlich ist das Messer noch immer da oben im Norden.

Was ich damit gemacht hätte? Ich hätte es Randall geschickt, mit der Bitte, es zu restaurieren, dann hätte ich es ein- oder zweimal getragen. Irgendwer könnte nun sagen, damit und danach wär's dann wohl bei mir im Schrank vergessen worden, statt in meiner Erinnerung weiterzuleben.

Messer müssen Gebrauchsspuren zeigen. Dann gefallen sie mir. Sie gefallen mir erst, wenn sie eine Geschichte haben – denn das macht die Freude am Sammeln aus: daß man die Geschichte versteht. Die Freude am Gebrauch besteht darin, zu dieser Geschichte beizutragen.

Schirmmützen

»Eine Größe für alle.« Gegen diese Vorstellung muß ich mich wehren. Ich halte sie für eine Ungeheuerlichkeit und für einen Schwindel. Ich rede von Schirmmützen. Von Jugendlichen in Großstädten aufgebracht, hat sich ein Stil übers ganze Land ausgebreitet: die Kappe umgekehrt auf dem Kopf zu tragen.

Ich habe keine Ahnung, was damit heute angezeigt werden soll, aber früher war es ein Zeichen und Vorrecht des Filmregisseurs und Kameramannes.

In den Anfangsjahren des Kinos wurde mit langsamem (nicht sehr lichtempfindlichem) Rohfilmmaterial gedreht. Deshalb mußten die Aufnahmen im Freien stattfinden.

Im gleißenden Tageslicht brauchte man eine Schirmmütze, um nicht geblendet zu werden. Wenn man hinter die Kamera trat, drehte man die Mütze um; und wenn man die Kamera verließ und zeitweilig vergaß, die Mütze wieder in ihre übliche Position zu drehen, wenn man sich also eine längere Auszeit gönnte, war das nicht etwas völlig Harmloses?

Ich habe bisweilen das Glück gehabt, Filme inszenieren zu dürfen, und stets hat es mich entzückt, dieses Umdrehen der Mütze. Wie technisch praktisch, wie alltags- und arbeitsmäßig, und doch so romantisch. Wo sonst wurde es praktiziert, außer wenn man durch den Kamerasucher guckte?

Aber jetzt haben wir diese Kappen, die auf jede Birne passen. Sie haben hinten ein Plastikriemchen, das in keiner Weise romantisch genannt werden kann, weder nach Machart noch nach Material. Es könnte viel eher vom Verschluß einer Plastikmülltüte stammen oder davon abgeguckt sein. Es ist billig, und es ist häßlich. Dreht man eine solche Kappe auf dem Kopf um, entsteht auf der Stirn so etwas wie ein verballhorntes Palladio-Oval (über der Tür), und das gefällt mir überhaupt nicht. Die alten Schirmmützen sind mir lieber.

Photographien

In meiner Jugend haben wir in der City, sprich Chicago, keine Bluejeans getragen. Das waren damals »dungarees«, also Latzhosen, und durchgehen ließen wir so was nur bei Leuten, die tatsächlich im Garten arbeiteten.

Alle Erwachsenen rauchten. Meine Eltern rauchten bei Tisch, zwischen zwei Bissen.

In ein Museum der 50er Jahre müßten gehören: ein Kinderauge, das mit einem Luftgewehr ausgeschossen wurde; ein elektrischer Toaster, der ein Kind umgebracht hat, das eine Gabel hineingesteckt hat; ein Kind, dessen sämtliche Freunde vom Empire State Building gesprungen sind; etliche Chinesen, die vorm Hungertod bewahrt worden sind, weil ein kleiner Amerikaner sein Gemüse aufgegessen hat.

Captain Video und seine Video-Rangers liefen jeden Abend, wenn mich meine Erinnerung nicht trügt, um fünf oder Viertel nach fünf, und sie folgten auf, oder wurden gefolgt von *Kukla, Fran and Ollie*, dem improvisierten, fünfmal die Woche live ausgestrahlten komischen Drama mit dem Clown Kukla und seinem Freund, dem Drachen Ollie, in den Hauptrollen, Handpuppen unter der Regie des großen Burr Tillstrom.

Die Automobile damals kamen mir riesig vor, und heute, nach vierzig Jahren, kommen sie mir immer noch so vor. Ich erinnere mich, daß mein Vater eine Vorliebe für Buicks hatte, und ich weiß noch, daß ich damals schon dachte, er kann doch bestimmt nicht glauben, daß die Löcher in den Seiten irgendeinen praktischen Wert haben.

Ich erinnere mich, daß einer seiner Klienten einen Hudson fuhr und daß diese Tatsache bei uns zu Hause immer wieder Beachtung fand und einen Kommentar hervorrief, auch wenn ich mich nicht mehr erinnere, wieso.

Ich erinnere mich, daß wir Jungs jeden Namen eines neuen Automodells kannten, sobald es auf dem Markt war.

Wir lebten als Jungs in unserer Welt. Im Frühling, Sommer und Herbst fuhren wir mit der El, der Hochbahn, zum Comiskey Park, um Nellie Fox oder Luis Aparicio zu sehen, oder zum Stadion Wrigley Field, wegen Ernie Banks.

Im Winter hat mich mein Dad hin und wieder zu den Bears mitgenommen, die damals noch im Stadion Soldier Field spielten. War das eine Kälte.

Wir, die Linksliberalen, wie ich einer war, die wir in den Sechzigern und seither unsere Erfahrungen machen, haben gelernt, auf die Jahre davor als auf eine Zeit der moralischen Lethargie, des Stillstands, ja der Reaktion hinabzusehen. Vielleicht war es so eine Zeit.

Wenn ich Photographien von damals betrachte,sehe ich und erinnere mich an eine Naivität oder vielleicht sogar eine Friedfertigkeit, die heute unvorstellbar ist. Wo sind Ruhe, Sicherheit und Frieden der (klein)- bürgerlichen Straßen geblieben?

Wo ist die fantastisch-wunderliche Feierabendglückseligkeit im Loop geblieben, wo die Geschäfte abends noch lange geöffnet waren, Familien einen Schaufensterbummel machten, sich in Restaurants drängten, und bevor sie ins Kino gingen, noch umherspazierten?

Die Generation meiner Eltern hat schwer geschufftet. In meinem Viertel waren es die Kinder von Einwanderern; sie hatten die Wirtschaftsdepression und den Zweiten Weltkrieg überlebt. Sie haben gearbeitet, um sich ihr Studium finanzieren zu können – die meisten mußten zusätzlich noch gegen antijüdische Zulassungsquoten kämpfen –, und sie haben gearbeitet, um in ihren Berufen oder Geschäften Erfolg zu haben.

Wir haben in den Sechzigern ausgelebt, was die Vision ihrer Generation gewesen sein mag – kein Traum oder gar eine Phantasie, sondern eine Halluzination von berechtigtem Anspruch und Handlungsfreiheit.

Das, wofür unsere Eltern sich abgerackert haben, um es uns bieten zu können, haben wir als Selbstverständlichkeit betrachtet.

Und ich und andere Eltern meiner Zeit und meines Alters streben, wie Eltern aller Zeiten, danach, unsern Kindern das zu geben, was wir nicht hatten.

Unsere Eltern haben sich darum bemüht, uns Fülle zu bieten, vielleicht streben wir danach, unseren Kindern Frieden zu geben.

Ich erinnere mich daran, wie ich Erwachsenen zugehört habe und tatsächlich auch Kindern, die nur wenig älter waren, und ich habe gehört, wie sie in Erinnerungen an das Zeitalter des Radios schwelgten.

Ich habe ihnen sehnsüchtig zugehört.

Auf die Naivität der frühen Jahre des Fernsehens blicke ich nicht mit Sehnsucht zurück – das war bestenfalls immer eine Sucht, und jeglicher Inhalt war rein zufällig vorhanden und meiner Meinung nach letztlich wertlos, da er Teil eines Abkommens mit der Sucht war; also blicke ich nicht mit Sehnsucht darauf zurück, sondern mit einer gewissen Ungläubigkeit. Konnten wir/sie denn nicht wissen, so frage ich mich, wohin das alles führen würde?

Die Qualität der Luft, des Wassers und der Zustand der Städte verschlechtern sich mit jedem Tag, und die elektronische Antwort, das Heilmittel, trägt nicht zur Besserung bei, sondern bewirkt die Betäubung von Geist und Willen. Die teuflische Macht der Medien, Aufmerksamkeit einzufordern, wächst im direkten Verhältnis zu unserem Bedürfnis nach Vergessen. Der Bildschirm gibt uns brüllend den Befehl, unbeweglich und gedankenlos zu sein, und diese Unbeweglichkeit aufzufassen als Bildung, Unterhaltung, Arbeit.

Er brüllt wie die zweihunderttausend Dämonen, die Buddha bestürmt haben, als er unter dem Po-Baum saß. Und wie bei jenen Dämonen ist alles, was der Bildschirm brüllt, eine Lüge. Knöpfedrücken ist keine Arbeit.

Die vorgekauten, vorverdauten »Präsentationen« anzuschauen bringt keinerlei Bildung, sondern dient der Einübung in die Sklaverei – es *ist* Sklaverei –, und die x-hundert Auswahlmöglichkeiten an »Entertainment« unterhalten uns nicht, sondern fordern gebieterisch unsere Aufmerksamkeit. Wir sind danach nicht erfrischt und belebt, sondern ermüdet, sie regen uns weder an noch auf, sie reizen uns nicht, sondern erzeugen unser Desinteresse, und wir reden uns auch noch ein, diese Wechselwirkung glücklich zu nennen.

Die Gesellschaft ist immer schon von den Hegemonisten beherrscht worden, die die Hochebene, die Kreuzungen, den Hafen kontrolliert haben, die Mittel und Wege des Umgangs und Verkehrs zwischen den Menschen.

Von alters her sind wir von der Gruppe beherrscht worden, die als erste über die neuesten Mittel der Kriegsführung verfügte – das Pferd, Pfeil und Bogen, Feuerwaffen, Kanonenkugeln und so weiter.

In neuerer Zeit sind aus der Hochebene und den Kreuzungen die Luft und der Äther geworden und die Kontrolle der Bilder, die über und durch den Äther gesendet werden.

Die herrschende Gruppe kann Konsum und politisches Handeln erzwingen – und auch die meisten anderen Aktivitäten in der Grauzone zwischen Kaufen und Politik.

Wo ist der Friede in dieser Konzentration von Macht? Wo ist die Möglichkeit des Friedens in dieser anwachsenden Bildungsfeindlichkeit, die sie verkörpert und verbreitet?

Wir leben in einer Zeit der Verwirrung, und uns wird gesagt und wir sagen einander, daß sie von einer magischen Eigenschaft regiert wird, die »Information« heißt.

Aber wo bleibt die Romantik? Wo bleiben die Entdeckungen?

Angesichts der Werke Gottes *staunen* wir nur – sie entziehen sich unserer Vorstellungskraft – was das genaue Gegenteil von Information ist.

Angesichts der herrlichsten Werke von Menschen sind wir geneigt, zu applaudieren, sie gut zu finden, uns auf irgendeine Weise mit ihnen auf eine Stufe zu stellen – wollen den Akt der Wertschätzung gleichsetzen mit dem Akt des Schaffens –, eine Entscheidung, die uns das natürliche Universum nicht gestattet. Aus diesem Grunde finden wir solche natürlichen Interaktionen läuternd, reinigend.

Der Umgang mit der Welt, so schwer er auch sein mag, bedeutet, die Last des Ichs abzuwerfen. Der Versuch, die Welt neu zu ordnen, ihre Geheimnisse in eine persönlich zugängliche Form zu gießen, das ist psychotisch – das Handeln desjenigen, den der Horror dazu zwingt, sich zurückzuziehen.

Ich schaue mir die Photographien aus meiner Kindheit an und sehe erwachsene Gesichter, die von schwerer Arbeit geprägt sind.

Ich sehe diese Generation heute, Rentner, Pensionäre in ihren Wohnwagen, Trailers, im Sommer auf den Highways, und sie genießen die Muße, die sie sich mit fünfzig Jahren schwerer Arbeit verdient haben.

Der Ruhestand meiner Generation wird sorgenvoll, gequält und voller Mißgunst sein. Nun, das ist nun mal die Zeit meiner Generation.

Sie hat nichts Romantisches an sich, und ganz im Gegensatz zum Gebrüll des Fernsehens beweist genau das, worum es geht.

Unsere Generation wird mit einem Grinsen auf den Bildern zu sehen sein, in dem unredlichen Versuch, jemanden von unserer Lockerheit zu überzeugen, während wir vor der Welt doch nur posierten wie schlechte Fernsehschauspieler.

Das neue Haus

Meine Eltern haben eine Wohnung renoviert und dann dreißig Jahre darin gelebt. Für mich war es immer »die neue Wohnung«, bis zum Tod meines Vaters; da erst sah ich, wie alt, gestrig und verwohnt sie war.

Mußte sie ja gewesen sein, schließlich war sie dreißig Jahre bewohnt worden.

Ein Gast auf Erden hat einst geschrieben: »Damit ein Haus ein Zuhause wird, braucht's haufenweise Leben.« Und wie die meisten wichtigen Übergänge im Leben kommt auch diese Veränderung, wenn unsere Aufmerksamkeit ganz woanders ist – ob wir uns nun dem wenig bemerkenswerten Geschäft des Alltagslebens widmen oder jenem anstrengenden Ritual, das als Mechanismus dazu da ist, an seine Stelle zu treten.

Der traumatische Übergang vom Singledasein zum ehelichen Glück sollte sich vollziehen, während die Beteiligten in sexuellen Freuden oder der Vorfreude darauf schwelgen; und die schmerzhafte und anscheinend endlose Periode der Gewöhnung an eine Scheidung sollte sich mildern lassen durch ein sonst unerklärliches Interesse für Menschen, die für Paarbildung oder jegliche Form von Zweisamkeit ungeeignet sind. Der Schock, den einem das Leben mit einem neuen Baby versetzt, wird abgefedert während und durch die wundervollen Betäubungsphasen der Schlaflosigkeit.

In tragischen Fällen wird der Streß des Bruchs natürlich noch durch den des Verlusts vergrößert; aber auch der einfache Bruch in den Gewohnheiten kann, selbst in den glücklichsten Situationen, Streß verursachen, so zum Beispiel, wie häufig bemerkt, bei der Heimkehr aus dem Urlaub.

Die Gewohnheit, so wissen wir von William James, erlaubt uns, daß wir unsere Gedanken, unseren Geist übers Mechanische hinaus erheben können – daß unsere Gedanken wandern können; und so ist es kein Wunder, daß das obsessiv-zwanghafte Individuum sich eine fordernde mechanische Notwendigkeit liefert, um sich vor frei wandernden Gedanken zu schützen.

Wenn wir auf einen Schlag aus unseren Gewohnheiten gerissen werden, ist unser Kopf dazu gezwungen, sich mit dem täglichen Kleinkram zu beschäftigen. Der einfachste Schritt, den wir sonst völlig unbewußt machen – das Überqueren einer Straße –, wird zu einem bewußten Akt und damit schwierig, wie alle Leute bezeugen können, die zwischen den Britischen Inseln und der Welt des Rechtsverkehrs pendeln: »In welchem Land bin ich denn gerade, und aus welcher Richtung muß der Verkehr kommen?«

Wenn man sich von einem Ort zum andern bewegt, wenn man umzieht, drängen sich einem die zehntausend täglichen Entscheidungen, die längst – weil »haufenweise Leben« – Gewohnheit geworden sind, immer noch oder doch wieder auf: Man ist zu bewußten Entscheidungen gezwungen, und deren Bedeutungslosigkeit steht auf dem Prüfstein.

Die großen Gedankenverbindungen – da hat Sarah mir gesagt, daß sie schwanger ist; da ist die Couch, auf die Buffy sich immer setzte, wenn sie sich das Knie aufgerissen hatte; da die Kommode, in der Boots ihre Kätzchen geworfen hat – werden zusammengeworfen mit den kleinen: Wo zum Teufel sind die Löffel? Der Umzug wirft das Große und das Kleine in einen kläglichen Eintopf. Der Kopf ist also nicht frei, die Umgebung zu ordnen; das bislang Unbewußte wird bewußt, schleppend, schwerfällig und bedauerlich, und das Leben zu Hause ist nicht mehr einfach und leicht. Das Bewußtsein erklärt, daß die Situation unausweichlich ist, daß man eben gerade umgezogen ist, aber das Unbewußte pariert: Na gut und schön, aber hätte man dann nicht auch dorthin umziehen können, wo man bisher gelebt hat?

Bei einem Umzug wird unsere Aufmerksamkeit ständig gezwungen, sich mit einer Ordnung zu befassen, die wir als natürlich akzeptiert hatten, die sich aber durch die Störung als eine nur künstliche, im wesentlichen oder ursprünglich als eine zufällige erweist, die nur durch Gewohnheit aufrechterhalten wurde.

Wir erkennen, daß wir noch einmal von vorne anfangen müssen und daß unser gehüteter und gehegter Friede (oder unser *Tempo*, der neurotische Haushalt, das Trauma) das Ergebnis von Zeit und Arbeit war.

Ich habe einmal einen Psychologen gefragt, wie es denn komme, daß sich intelligente, herzensgute, empfindsame Menschen, sobald sie sich zu einer Familie zusammentun, hingebungsvoll mit fortwährenden, nein, ewig andauernden kindischen Streitereien abgeben können.

Er lächelte und sagte dann, Streitereien seien die Landelichter des Flughafens: Sie geben den Reisenden zu erkennen, daß sie zu Hause angekommen seien. Tja, wir ziehen eben um, und manches muß von neuem beginnen.

Geliebte Assoziationen werden wieder hochkommen, und unsere Bemühungen, sie zum Teufel zu jagen, werden kaum etwas nützen.

Verpflanzte, mitgebrachte Kleinigkeiten können sich als Äußerlichkeiten erweisen, die man getrost vergessen darf oder die man mit einem Seufzer erneut praktiziert.

(Mein Rabbi erzählt die Geschichte eines neuen Gemeindemitglieds. Der Mann sieht sich an, wie die Andächtigen auf ihrem Weg nach vorne in der Synagoge an einer Stelle der Prozession in die Knie gehen, fast in eine Art Entengang verfallen. Der Neue folgt ihrem Beispiel und macht es ebenso. Nach einem Jahr fragt er ein altes Gemeindemitglied, was denn dieser Gang für eine religiöse Bedeutung habe. Der alte Gläubige denkt kurz nach und sagt dann: »Ach so. An der Stelle hing mal ein Heizungsrohr etwas tiefer.«)

Stanislawski hat geschrieben, daß das Schwierige erst einfach und das Einfache zur Gewohnheit werden müsse, ehe das Gewohnheitsmäßige schön werden könne. Und genauso ist es natürlich auch mit dem neuen Haus, und keine Macht der Welt kann uns die Freude an der Stelle vergällen, wo Maisy mit ihrem Dreirad eine Delle in die Türfüllung gemacht hat, von deren Bedeutung gar nicht zu reden.

Mit zunehmendem Alter komme ich langsam dahinter, was sich hinter dem Archetypus des alten Mannes, der alten Frau verbirgt – sie werden mürrisch, ja zänkisch, oder können's werden, weil sie an jeder Ecke vorwurfsvoll daran erinnert werden, daß die ganze Chose endlich ist.

Der Streß, den man bei einem Umzug spürt, rührt weitgehend daher, daß man mehr als sonst mit der Nase darauf gestoßen wird, wie schnell die Zeit vergeht.

Ich habe einmal einen Film mit einem außergewöhnlichen Schauspieler gedreht, einem Kinostar der vierziger Jahre.

Er war einundachtzig. Das sah man ihm nicht an; er war dabei wie alle anderen, hat gelacht und rumgealbert in dem wunderbaren Mischmasch von Arbeit und Spiel namens Filmset.

Dann wurde er langsam ein bißchen zänkisch, und ich wußte nicht so recht warum. Bis mir klar wurde, daß wir nur noch zwei Tage zu drehen hatten, und am Ende der Dreharbeiten würde er vom alterslosen Mitglied und vollwertigen Mitwirkenden im besten Club der Welt in ein Leben überwechseln, wo alles und jedes die Möglichkeit barg, ihm unter die Nase zu reiben, daß er ein alter Mann war.

Mit zunehmendem Alter sehe ich meine Möglichkeiten, aufreizend zu wirken, zunehmend folgenlos anwachsen. Dabei hat vieles natürlich einfach mit schlechtem Benehmen oder fehlendem Nachdenken zu tun. Was mich angeht, möchte ich jedoch auf die lindernden Irritationen der Ahnungen der Sterblichkeit verweisen, die im Banalen verborgen sind.

Zum Beispiel, wenn die Schaufel kaputt geht und ich abdampfe, um Ersatz zu holen, na gut, dann könnte ich gereizt sein. Und das vielleicht auch, weil diese Schaufel mit Erinnerungen verbunden ist.

Könnte ich allerdings nicht auch gleichermaßen gereizt sein, weil und indem mir klar geworden ist, daß diese Schaufel, diese neue Schaufel, diese Verräterin, gute Chancen hat, die letzte zu sein, die ich käuflich erwerbe?

Und wenn das schon für Gartengeräte gilt, was ist dann erst mit dem neuen Haus?

Einerseits könnte man sich aus tiefstem Herzen wünschen, daß es das Haus ist, in dem man für den Rest seines Lebens leben könnte – aber wenn das so ist, muß das dann nicht heißen, daß das Leben nicht nur endlich ist, sondern sich auch langsam verdünnisiert?

Und wenn oder sowie wir uns der letzten Runde des Rennens nähern oder – kann ja auch sein – uns längst in ihr befinden, muß das dann nicht bedeuten, daß wir nie mehr Feuerwehrmann werden können?

(Mein wunderbare Großmutter Clara, sie ruhe in Frieden, hat mich ständig gefragt, was ich werden wolle, und ich habe ihr immer geantwortet: Feuerwehrmann. In meiner Jugend sind meine Neigungen dann nicht mehr in die Richtung gegangen, und so habe ich eine andere Laufbahn eingeschlagen und bin da hängengeblieben. Ich habe einen Freund, der sich im Alter von fünfzig Jahren mit Haut und Haaren der Freiwilligen Feuerwehr seiner Wahlheimat, einem Ort in Neuengland, verschrieben hat, und das hat anscheinend sein Leben verändert. Ich rede mir ein, daß mein Job so viele Reisen mit sich bringt, daß mir ein ähnlicher Neuanfang verwehrt bleibt und ich nur darüber fantasieren kann, mir eine Freiwilligenposition zu schaffen, die wie maßgeschneidert zu meinen besonderen Bedürfnissen und meinen, wenn ich so sagen darf, Fähigkeiten paßt – die eines Brandberaters. Nämlich wie folgt: »Hallo? Ja. Können Sie es mir beschreiben? Na gut. Wird es ›heiß‹, wenn Sie sich ihm nähern? Aha. Gut, dann sage ich Ihnen, was Sie da haben, aber zunächst gebe ich Ihnen eine Nummer, die Sie bitte anrufen sollten. Haben Sie was zu schreiben ... ?«) Aber ich schweife ab.

Das neue Haus sollte, so die Hoffnung, jenes Bollwerk sein, jener »Freund, zu dem sich der Schatten ferner Jahre ausbreitet«.

Aber während und sollten sie sich so weit ausbreiten, würden sie mit ihrer Ausbreitung nicht ebendieses Bollwerk des eigenen spirituell so großzügigen Ichs entleeren?

Und was hat dann wiederum die ganze Sache für einen Sinn, in diesem neuen, fremden Klotz, der ein Vermögen gekostet hat, wo keiner den Tee finden kann, und wenn dieser Klotz womöglich nicht besser ist als ein Wohnheim für alle, die ein taubes Ohr und kein Mitgefühl haben für die Opfer, die man selbst gebracht, für die eigenen Anomien und so weiter? Ach und oh, bummsvallero.

Nun, in meiner Familie heißt es glücklicherweise, daß wir auch in Umzugskisten leben könnten, solange wir nur einander haben – und außerdem sagen wir, man sollte nie um Mitleid für einen Menschen betteln, der ein Solarium besitzt, und somit bitte ich Sie um Entschuldigung.

Die Tage kommen, und die Tage gehen, und so wird es bleiben. Ich werde sie erleben, oder ich werde sie nicht mehr erleben, und ich hoffe, meine Kinder werden einmal in den Genuß kommen, das Haus anzuschauen und sich zu fragen, wie wir nur an dem Gedanken festhalten konnten, es als ein neues Haus zu betrachten, da es doch, wie jeder Außenstehende sehen kann, schon sein Ewigkeiten ein altes und verwohntes Haus ist.

Produzenten

Der treffendste Witz über Hollywood lautet: Ein Autor, ein Produzent und ein Filmregisseur sind in der Wüste gestrandet und sitzen auf dem Trockenen. Der Autor findet eine seit langer Zeit vergrabene Büchse Tomatensaft, der Regisseur schafft es, sie zu öffnen, und der Produzent schnappt sie sich mit den Worten: »Ich werde den Inhalt der Büchse gleichmäßig auf drei verteilen – aber erst piss' ich noch rein.«

Den komischsten Witz über Produzenten habe ich in einer Biographie über David O. Selznick gefunden. Der Biograph bezog sich auf eine Szene mit Jennifer Jones, und zwar mit den Worten, das sei die eindrucksvollste in Selznicks Gesamtwerk.

Der Witz daran ist, daß der Film *nicht* sein Werk ist. Vom Œuvre eines Produzenten zu sprechen, zeugt zumindest für mich von ebenso großer Ahnungslosigkeit, wie vom Œuvre eines Aktienhändlers zu sprechen.

Mencken hat geschrieben, daß Regieren der Handel mit Plündereien sei, und das, wie mir scheint, trifft auch für die Arbeit des sogenannten Produzenten zu.

Seine Position ist, besonders beim Film, die eines lumpigen Zwischenhändlers, er ist ein Vermittler, der den Reichen Gelder und den Kreativen Arbeit, sprich Werke, abpreßt oder abschwatzt.

Nun wäre und ist so ein Mensch von Zeit zu Zeit kein schlechter Umgang. Einer meiner besten Freunde ist leider Produzent, und um seinetwillen könnte man versucht sein, die Stadt Sodom zu verschonen. Aber die Funktion des Produzenten Teil der »künstlerischen Arbeit« zu nennen, ist schon absurd.

Egal, über welche Rechte Produzenten gebieten und mit wieviel Geld sie locken können: Der Künstler macht die Arbeit, und egal, wie verloren sich ein Künstler auf dem Markt vorkommen mag – das ist so gut wie gar nichts im Vergleich mit der Impotenz des Produzenten vor einem leeren Blatt Papier.

Und die meisten von ihnen sind Diebe. Wie die faulen Reichen, die sich mit den wirklichen oder, häufiger, mit den eingebildeten Unterschlagungen ihrer Hilfskräfte beschäftigen, engagieren sich die Produzenten, die ich kennengelernt habe, hauptsächlich in Sachen Rache, reagierend oder mit einem Präemptivschlag agierend, und das heißt, sie betrügen den Künstler um Geld und Zeit.

Ich habe einmal ein Fernsehspiel inszeniert.

Es gab keine unterschriebenen Verträge, und ich hatte, nach einem Handschlag, schon die Hälfte der Dreharbeiten hinter mir, als der Produzent verkündete, er werde mir das Honorar um die Hälfte kürzen.

»Aber wir haben eine Vereinbarung«, sagte ich.

»Nun ja, die Kosten sind gestiegen«, sagte er.

»Aber wir haben eine Vereinbarung«, sagte ich.

»Halt, halt, halt«, sagte er, »erwarten Sie von mir, daß ich für das Privileg *zahle*, mit Ihnen zu arbeiten ... ?«

Ich mußte lachen. Der Kerl war ein Betrüger, aber er hatte, wie ich damals völlig verstand, seine Entgegnung in die wesentliche und überzeugende Empörung des Produzenten gekleidet: »Weiß denn dieses faule Pack nicht, was ich durchmachen muß ... ?«

Nun, weiß ich nicht. Und es ist mir auch egal.

Es mag für jedes »Business« zutreffen, für's Showbusiness auf jeden Fall, das weiß ich: der Unternehmer fühlt, nein, er weiß sich berechtigt, alles aus dem, seiner Meinung nach, wertlosen Elendspaket, das er aus der Armut errettet hat, herauszuziehen, herauszupressen, es mit Betrug und Schwindelei zu überziehen.

Produzenten betrachten sich, das weiß ich, wie die südafrikanischen Aufseher, die Mortadella an die Eingeborenen verteilen, die ihr Leben lang versuchen, Smaragde aus dem Fluß zu fischen.

»Tja«, müssen die Herren wohl denken, »wenn sie dem Fluß entkommen wollten, hätten sie Jura studieren sollen so wie ich.«

Also, ich habe mein ganzes Leben nach so einem Musterknaben und Ideal gesucht, von dem ich gelesen habe, einem Diaghilev, Nemirovič-Dančenko oder Lincoln Kirstein, der die Mittel auftreiben, meine Ziele unterstützen und mich von allen Lasten befreien würde, die ich zumindest unangenehm finde.

Und ich habe das Glück gehabt, tatsächlich solche Beziehungen erleben zu dürfen – häufiger zwar im Theater, aber hin und wieder sogar im Film.

Ich war dankbar für diese Zeiten der Hilfe und Ehrlichkeit, und ich hoffe, ich bin es immer noch; ich weiß, daß ihre Seltenheit sie für mich um so kostbarer gemacht hat.

Nun mag man fragen: »Was erwartest du als Künstler denn? Erwartest du etwa *Dankbarkeit*?«

Die Antwort darauf lautet natürlich: »Ja.« Ich würde Ehrlichkeit, ob als Ausdruck von Dankbarkeit oder von Selbstachtung, mir nicht nur gefallen lassen, sondern von ihr begeistert sein; und, ja doch, ich erwarte Dankbarkeit (und habe sie gelegentlich auch empfangen).

Macht mich das zum Egoisten? Ich weiß nicht. Vielleicht bin ich einer, vielleicht bin ich keiner, und die Anwendung des Begriffs auf mich wird nicht durch dieses Geständnis beeinflußt. Ich bin dankbar für die finanziellen Mittel, die mir zur Verfügung gestellt werden, damit ich meine Arbeit tun kann – sicherlich sind die meisten Künstler für so etwas dankbar. Ich versuche, dieser Dankbarkeit Ausdruck zu verleihen, indem ich mich an den Buchstaben und Geist unserer Vereinbarungen halte. (Ich glaube nicht, daß ich damit einzig dastehe, sondern vielmehr, daß die meisten, vielleicht sogar alle Künstler, sich so verhalten.) Bin ich verblendet, wenn ich die entsprechende Dankbarkeit erwarte, die sich in ebensolcher Treue zum Buchstaben und Geist des Handels auf Seiten des Produzenten ausdrückt?

Und dann wiederum dürfen wir nicht vergessen, selbst wenn es die uralte Rede des Unternehmers ist: »Ich habe dir die Miete bezahlt, ich habe dir deine Chance gegeben«, daß auch das Gegenteil zumindest gleichermaßen zutrifft: daß ohne den Künstler der Unternehmer, der Produzent, der Händler in Übertreibungen verhungern müßte; denn es ist zwar keinesfalls unmöglich (und gehört hat man davon auch schon), daß der Künstler Bleistift oder Pinsel hinlegt und in die Welt hinaustritt, um seine Werke selbst zu »produzieren«, zu vertreiben und auszustellen, aber es ist unvorstellbar, daß sogenannte Produzenten, falls ihnen gerade keine willfährigen Künstler zur Verfügung stehen, sich mittels eines schöpferischen Aktes ernähren könnten.

Trotzdem neigt, meiner Erfahrung nach, der Künstler dazu, den Produzenten zu umwerben, sich ihm zu ergeben, vor ihm zu kuschen und dessen Lügen, Diebstähle und Raubzüge zu dulden.

»Gib mir deine Kuh, und ich bringe sie für dich auf den Markt, mein Sohn«, sagt der Straßenräuber.

Und der Weg auf den Markt ist und war immer gefährlich.

Auf der Straße dorthin konnte man auf den Trickbetrüger und den Dieb stoßen und, auf dem Markt angekommen, auf den Unternehmer, der nur allzugerne die Grenze zwischen Geschäft, Übervorteilung und reinem Diebstahl zu verwischen und zu überschreiten bereit war.

Bei einem Produzenten von heute kann man sie alle in einer Person kennenlernen.

Ja doch, ich habe Ausnahmen gefunden, und die können auch Sie finden.

Aber meistens werden Sie auf falsche Versprechen stoßen, auf Ausflüchte, Lügen, Mogelpackungen, verzögerte Zahlungen, frisierte Bücher, und vielleicht werden Sie es auch mit ärgerlichen Prozessen, gebrochenen Versprechen, Meineiden und Veruntreuung von Geldern zu tun bekommen. Ich spreche leider aus Erfahrung.

»Aber Sie haben es im Showbusiness doch weit gebracht«, könnte man nun sagen. Dem könnte ich leicht reserviert zustimmen, mit stetem Dank an jene Mächte, die dafür verantwortlich sind (womit ich hoffe, deren Beitrag in etwa annähernd zu würdigen).

In dieser Runde befindet sich kein Produzent.

Wohnen in L.A.

Spätabends telefonieren wir miteinander und erzählen uns gegenseitig unsere Horrorgeschichten.

»Der Filmstar ruft mich an und sagt, wir müssen uns unbedingt sehen. Wir verabreden uns für ein Uhr im Ivy. Er taucht kurz vor zwei auf. ›Konnte keinen Parkplatz finden‹, sagt er.

Er hatte nasses Haar.

Zwanzig Minuten haben wir über alles mögliche geredet, nur nicht über das Projekt. Dann kam die Rechnung.

Es folgte eine lange, lange Pause. ›Das mach ich schon‹, sage ich. Wir stehen auf, wir wollen gehen. ›Kann ich hier meinen Parkschein lochen lassen?‹ fragt er.

›Das weiß ich nun überhaupt nicht‹, sage ich. Und frage den Kellner. ›Nein‹, sagt der Kellner. Und der Star sagt: ›Hab ich doch mein Portemonnaie zu Hause liegen lassen.‹ Und noch eine lange Pause. ›Müssen Sie sich Geld von mir borgen?‹ frage ich. ›Ja‹, sagt er. Ich habe ihm zwanzig Dollar zugesteckt.«

»Bin zu einem Vorsprechen gegangen«, sagt mir ein anderer Freund. »Hab toll was abgeliefert. Hab ich jedenfalls gedacht. Der Typ glotzt mich aber nur an.

›Kann ich, wenn Sie wünschen, Ihnen noch etwas bieten‹, frage ich, ›oder soll ich irgendwas anders machen?‹

›Nein‹, sagt er. ›Nichts dergleichen.‹

›Ja und ... ?‹

›Es ist ... Sie sind zu *echt*‹, sagt er.

›Zu echt ...‹, sage ich.

›Ja‹, sagt er.

›Was soll das heißen?‹ frage ich.

›Wir brauchen‹, sagt er, ›wir brauchen für diese Rolle ein echtes *Schmuckstück*.‹

›Und was soll das heißen?‹

›Sie sind nicht schön genug.‹«

Ein Produzent ruft an. »Was für ein tolles Skript«, sagt er. »Sie haben da ein Drehbuch geschrieben – wir haben heute die erste Leseprobe, den ersten Durchgang gemacht, und ich wünschte, Sie wären dabeigewesen. Wenn wir's *getaped* hätten, hätten wir gleich das *Video* rausbringen können. Zur Hölle mit dem Film ... die Spannung im Raum ... Ihre *Worte*.« Er machte eine Pause.

»Ja und?« sage ich.

»Die Sache hat nur einen Haken«, sagt er.

»Und der wäre?« frage ich.

»Jack findet den Plot Scheiße.«

So muß natürlich wohl die Hölle sein, falls es in der Hölle einen Parkplatzservice gibt.

Aber jetzt kommt der Pferdefuß: Wie sieht's bei denen zu Hause aus?

»Kommt doch zum Essen vorbei« hieß in Chicago: Kommt um *sechs*, wir essen alle am Resopaltisch in der Küche, die Kinder können rumrennen, und so weiter.

Ich bin nach New York gegangen, und »Kommen Sie zum Essen« hieß dort: Putz dich raus, die Einladung ist für neun Uhr, da fangen wir an zu trinken, die Drinks werden von einem Catering Service serviert, gegessen wird um elf, förmlich bei Tisch mit Tischkarten. Das Speisezimmer wird geschmackvoll überladen sein, aber du wirst so betrunken sein, daß dir das nichts ausmacht.

In L.A. heißt es »Komm vorbei«, und das Essen, von der Spitze der Nahrungskette, wird von wunderbar lockeren und korrekten Angestellten serviert, das Essen ist nicht schlecht, aber die unausstehliche wahre Ungeheuerlichkeit ist die Tatsache, daß das Haus schön ist.

Was haben diese Barbaren nur in diesen schönen Häusern verloren? Das frage ich mich.

Denn die Häuser sind tatsächlich schön.

In Chicago haben wir den *charge de décor* als »Dreckorateur« bezeichnet; und es war mir ein persönliches Vergnügen und ein Kompliment für die weise Voraussicht meines Volkes, als ich las, daß Frank Lloyd Wright das Metier der Inneneinrichter als das der »Innenvernichter« bezeichnet hat, denn genau das ist, mit wenigen Ausnahmen, meine Erfahrung gewesen – aber diese Häuser in L.A., jawohl, die waren toll. Die Wohnsitze der Studiochefs und der jung-dynamischen Erfolgsproduzenten, sie zeigten, und das spürte man auch, was Edith Wharton einst »die demoralisierende Einfachheit großen Reichtums« genannt hat. Da stand man nun, in einem Greene & Greene Bungalow, im Craftsman Gothic, im Japanischen Bungalow, in den bezauberndsten, schmucken, luftig lichten und leichten Häusern.

Wie können sie es wagen?

Wie können sie es wagen, diese Vandalen, die mit Wendungen wie »moralisches Dilemma« und »Geschmack des Monats« um sich werfen, die von jungen Frauen verlangen, sich bis auf die Haut auszuziehen, auch wenn's beim Vorsprechen für einen Film nur um eine Off-Erzähler-Rolle geht, die mit ihresgleichen Wildwasserfloßfahrten auf dem Colorado machen, um sich beim »Bonding« männlich-menschlich näherzukommen, die »ecksetera« sagen und mit einem »Proust« anstoßen – wie können sie es wagen, ein Haus zu haben, in dem man Keramik aus der Schule der American Art Pottery findet?

Ein sehr berühmter Regisseur hat mich einmal angerufen und gefragt, ob ich Interesse hätte, ein neues, das dritte oder vierte, Drehbuch nach *Moby Dick* zu schreiben. »Aber klar doch«, sagte ich.

»Eine kleine Änderung«, sagte er. »Wir möchten, daß Sie es aus der Sicht des Wals schreiben.«

Und trotzdem sieht sich dieses Völkchen von Vandalen nicht außerstande, ein Aquarell von Charlie Russel an die Wand zu hängen oder eine Wand mit Grueby-Kacheln zu verkleiden oder gar Dekorateure anzustellen, die das Interesse an Stickley wiederbeleben oder auch an Elbert Hubbard, der übrigens nicht der Begründer der Dianetik ist oder wie der Verein sonst heißt.

Diese Leute, die grünes Licht fürs Videoüberwachungsauge im Hause gegeben haben, sollten ihr Heim mit dem sprichwörtlichen Röhrenden Hirsch schmücken und schützen, dessen Augen einen auch auf Schritt und Tritt verfolgen. Diese Leute sollten von Rechts wegen ein Stierkampfplakat mit dem eigenen Namen an die Klowand kleben, doch statt dessen finden wir da die reine, unparfümierte, handgemachte Seife aus einer kleinen, werbeetatmäßig unbekannten Seifensiederei der Provinz, da liegt sie, unverfälscht, in der kleinen grünen Hampshire-Seifenschale. Tja nun, Meredith Willson hat's am besten gesagt: »Bringt Sie das auf die Palme? Na, das muß ich auch sagen.«

Also, Freunde, jetzt laßt mich euch sagen, was ich meine. Wie können sie es wagen, diese analphetischen und geistfeindlichen Verkehrspolizisten beim großen Autounfall, der unsere Kultur ist, wie können sie es wagen, sich zu *trauen*, sich mit derart schönen Dingen zu umgeben?

Ich habe einen Raum von vollkommenen Proportionen gesehen, mit abgebeizten Dielen und dem dazu passenden französischen Landhaustisch, auf dem drei Teco-Krüge standen. Und das im Haus eines Produzenten, der in jedem nicht durchgeknallten Land längst gesellschaftlich nützliche Arbeit in einer Urne leisten würde.

Ich habe einen Ellsworth Kelly in der Küche eines Mannes gesehen, der über mein Drehbuch zum Spanischen Bürgerkrieg gesagt hat: »Nich genuch Spanier drin.«

Ich kenne diese Leute, die geliebten Halsabschneider des ablaufenden ästhetischen Moralitätenspiels, das für uns in den Künsten unsere Heldenreise ist. Ich weiß, daß diese Mamelucken des Mammons sich nur einen Innendekorateur gekauft haben. Das weiß ich. Aber nichtsdestoweniger.

Und ich weiß, daß Hitler sich Leni Riefenstahl geholt hat und sie ein paar unwiderstehliche Streifen gedreht hat, aber na und?

Drum sag ich's noch einmal, wie können sie es wagen? Und was wird meiner empfindsamen Seele angetan, wenn ich sowohl die Saturday Evening Girls als auch Newcomb College Potters auf dem Sideboard eines Mannes erblicke, der die Muster meines Films in seiner Limousine anschaut, während er telefoniert; wenn ich einen weizengelb-mandarinfarbenen Heriz auf dem Fußboden des Mannes entdecke, der über mein (abgelehntes) Drehbuch zu *Lolita* gesagt hat: »So wie Sie das geschrieben haben, wirkt er ja wie ein Pädophiler«?

Ein schwarzes Jahr auf Columbus.

Die Autos sind geschmackvoll, das Essen ist geschmackvoll, die Häuser sind geschmackvoll, die Kleidung ist geschmackvoll, und kein Wochenende möchte man mit diesen Leute verbringen, auch wenn man damit Eleanor Roosevelt retten könnte.

Worüber sollte man reden? Und was könnte schlimmer sein als die Entdeckung, daß der Lieferant von derart sauber-gesundem Entertainment, daß alle Kritik bis hin zum Inhalt, den aber nicht eingeschlossen, daran abprallt, daß der Kerl nicht nur die Gußglasur einer Rockwood-Vase erkennt, sondern die auch noch vergleichend abgrenzen kann von der Blattdekoration (von Ruth Erikson) auf einer aus dem Hause Grueby Faience.

Das ist so, wie wenn Martin Bormann den Talmud rezitiert.

Das geht nicht.

Das ist nicht zu ertragen. Da fehlt doch jede Verbindung.

Das wäre so wie der Tag, da wir erzählt bekommen, daß die vereinten Fernsehköche der Welt ein Rezept zur Heilung von Aids gefunden haben.

Der Hund des Tages: der Golden Retriever oder der Englische Labrador, der deutsche Drahthaarterrier oder der italienische Spinetti; der Range Rover oder der Ford-Pickup der Sechziger; das Yohji-Jacket, die geviertteilte Eiche, der gelbe Resopal-Frühstückstisch samt Stühlen in der Küche, die *(eppur si muove)* auch im Haus meiner Tante gestanden haben könnten. Und während ich das hier schreibe, fällt mir wie vielleicht auch Ihnen die Antwort des Kerls ein, der im Puff erwischt wird: »Sie hätten mich doch gar nicht sehen können, wenn Sie nicht selbst hier gewesen wären.« Und ich bin natürlich da gewesen, und ich habe auf die Töpferwaren, das Auto und das Jacket und den Hund mit einer Sehnsucht geblickt, die dem Verlangen nach dem Ende des Kampfes entspringt.

Ja, könnten Sie jetzt sagen, hier ist ein Mensch, den wir im Puff bei den Huren erwischt haben.

Er hat zuviel Zeit zur Verfügung, beneidet die Nachbarn um ihre Antiquitäten und Nippes und will das unbedingt als ästhetische Empörung bezeichnen.

Was für ein Schwindel!

Also offenbare ich mich. Ich verdiene damit meinen Lebensunterhalt, und es ist vielleicht die elastischste Anwendung der Chaostheorie, der *Creative Artists Agency* die Schuld zu geben an der widerwärtigen Preissteigerung für McCoy-Töpferwaren, aber, in den Worten von Marlene Dietrich: »Ja dafür kann ich nichts ... und sonst gar nichts.«

Hollywood ist letzten Endes natürlich eine *company town*.

Und wie jede Stadt, in der die Firma das Sagen hat, ist sie gebaut wie ein umgedrehtes Schiff – wir finden den Ballast ganz oben.

Und deshalb können wir sagen, die indianischen Vorbildern nachempfundene Beacon-Decke, der dazugehörige Grenfell-Läufer, der grün verschossene Quilt, der Traulsen-Kühlschrank, die Kieferntische von Santa Monica im Stil der frühen Mennoniten sind das anomale Äquivalent des legendären weißen Plastikgürtels und der rollenden gläsernen Hausbar von Grosse Point, Michigan. Ja, so ist es nun mal, und so leben diese Leute eben, und wenn sie sterben, kommen sie wahrscheinlich, weil die Verhältnisse so sind, wie sie sind, schnurstracks in den Himmel, und der ist geradeso wie die Lounge im Admiral's Club, und auch das wird diesen Leuten prima gefallen.

Karmann Ghia

Mein erstes Auto war ein 1967er Karmann Ghia.

Ich habe ihn 1972 für neunhundert Dollar gekauft.

Auf den Landstraßen von Vermont ist der Wagen wie ein geölter Blitz losgeschossen, er legte sich leicht und dicht in die Kurven und hat sie geradezu liebevoll geschnitten.

Ich nehme mir jetzt die Freiheit eines einstigen American Boy und wage den Vergleich: Der Wagen ging so zu Werke wie ein guter Jagdhund auf Vogeljagd draußen auf dem Feld – er verstand, worum es ging, und er wollte helfen.

Ich habe den Wagen geliebt.

Ich kann mich noch ziemlich genau an den Augenblick erinnern, als ich aufhörte, ihn häßlich zu finden und ihn als Offenbarung in Sachen Design erkannte.

Ich glaube, was die vollendete Form angeht, rangiert er auf derselben Stufe wie der Badewannen-Porsche, wenn er diesen nicht vielleicht sogar übertrifft.

(Anscheinend sind beide Wagen vom selben Burschen entworfen worden. Und die Aficionados haben mir im Laufe der Jahre erzählt, daß die beiden weitgehend identisch seien – natürlich andere Karosserie und kleinerer Motor im Ghia ...)

Er wäre den ganzen Tag gefahren, und er tat's auch.

Ich wohnte damals in Montpelier, Vermont, und hatte eine junge Dame in New Haven auf dem Kieker, und wenn ich mich recht erinnere, habe ich die Strecke in zweidreiviertel Stunden zurückgelegt.

Ich weiß, das kann nicht ganz stimmen, selbst wenn man die gesetzliche Höchstgeschwindigkeit von siebzig Meilen pro Stunde und die drängenden Pheromone jener Zeit in Betracht zieht, aber so hab ich's eben in Erinnerung.

Und der Wagen war auch ein Schneepflug.

Trat ich an einem Wintermorgen in Vermont vor die Tür, sah ich auf der Straße einen Schneehügel in Form einer Schildkröte.

Ich habe den Schnee abgefegt, den Motor angelassen (der jedesmal gleich beim ersten Mal angesprungen ist, wie es sich für das Auto gehört, das man in seiner Jugend besitzt) und bin, schneepflügend mit der vorderen Stoßstange, die zwanzig Meilen zur Arbeit gefahren, während sich auf der Straße sonst nichts mehr bewegte.

Das vollkommene Auto.

Ich bin damit mehrere Male nach Chicago und retour gefahren.

Die Alleghenies hat er, wie ich zugeben muß, nicht besonders geliebt, aber wer von uns ist schon vollkommen?

Er war beige, und das Dach war schwarz.

In der Ghia-Literatur jener Jahre wurde das Beige »Wüstensand« genannt. Zu den übrigen Farben jener Marke und Ära gehörte noch ein dunkles, fast chinesisches Rot und British Racing Green.

Vielleicht erinnern Sie sich an das Spitzenprodukt der Ghia-Palette jener Zeit, den Ghia Convertible – Karosserie British Racing Green, schwarzes Dach.

Ich habe mich damals bisweilen insgeheim gefragt, ob etwa jener Wagen meinem eigenen zweifarbigen Hardtop überlegen sei, wenn auch nur aus der Lust, die richtige Antwort zu finden – daß nämlich kein einziger Wagen meinem überlegen war. Weder der Convertible, noch der Volvo 1800, noch der Austin-Healy 3000 – nicht einmal und schon gar nicht das Original seiner Zeit, der Toyota Land Cruiser, der aussah wie der Gute Große Bruder des Jeeps.

Ich habe damals an einem kleinen College in Vermont unterrichtet, Drama, Theater. Bei einem achtzehnstündigen Arbeitstag habe ich pro Monat mehrere Hundert Dollar bekommen und war absolut obenauf.

Was brauchte ich denn schon? Wenig. Und alle meine Bedürfnisse wurden erfüllt, wenn in Montpelier eine neue Bar aufmachte und der Bartender einen Drink zu mixen verstand.

Also sind meine Zechkumpane und ich jede Nacht bis zum Zapfenstreich geblieben.

(Die Zeit ist mir noch besonders in Erinnerung als die hohe Zeit des Tequila Sunrise – das war der Singapore Sling oder auch der Sloe Gin Fizz der Siebziger.)

Also hat der Bartender meine Lebenskosten hoch getrieben, und ich habe beim College eine kleine Gehaltserhöhung beantragt.

Ich wurde vor den Lehrkörpergehaltsausschuß zitiert, und mir wurde vorgehalten: »Wie können Sie sagen, Sie brauchen mehr Geld, wo Sie doch gerade einen teuren Luxussportwagen gekauft haben?«

Im Volksmund gilt folgende Definition für ein ambivalentes Gefühl: Wenn ich zusehen muß, wie die eigene Schwiegermutter mit meinem neuen Cadillac die Klippen hinabstürzt. Aber ich verehre meine Schwiegermutter, deshalb ist für mich mein Gefühl für den Collegausschuß die endgültige Definition.

Von Wut verzehrt, Komma (wie wir vom Magazin *Time* zu schreiben gelernt haben), und von Stolz erfüllt, war ich so baff, daß ich nicht wußte, ob ich den Rasen mähen oder an Muttern schreiben sollte, und so platzte ich vor dem Ausschuß raus: »Aber die Karre hat doch nur neunhundert gekostet ...«

Im Rückblick hatten die Herren natürlich nichts gegen mein Auto, sondern sie hatten etwas gegen meine Jugend, und sie konnten es nicht verknusen, daß ich sie so genossen habe. Ist das von mir etwas kraß ausgedrückt?

Schon möglich, aber es stimmt.

Und ebendieses Auto hat zu einem großen Teil zu dem Spaß, nein, der Lust beigetragen.

Die Scheibenwischer haben nicht funktioniert. Man konnte sie noch so oft reparieren oder auswechseln, nichts nützte, um den anscheinend einzigen Konstruktionsfehler des Autos zu beheben.

Die Wischerarme hatten am unteren Ende ein kleines quadratisches Zapfenloch – wenn das das richtige Wort ist –, in das sich ein quadratischer Triebzapfen einpaßte.

Um die Scheibenwischer in Bewegung zu setzen, drehte sich der Zapfen und rieb und scheuerte sich dabei durch das weiche Metall, so daß man sehr schnell, wenn man die Scheibenwischer einschaltete, ein winselndes Quietschen hörte und sah, wie die Dinger hochzukommen versuchten, nur um wieder zurück in ihr Bett zu fallen, wie ein treuer Hund, der (vollenden *Sie* bitte den Satz).

Aber wer brauchte schon Scheibenwischer, wenn er einen Führerschein hatte?

Denn wenn es in Vermont regnete, drohte es meistens auch gleich zu schneien, und wenn es schneite, konnte ich die zwanzig Meilen, wie ich es manchen Tag und manche Nacht tatsächlich getan habe, auch gleich so fahren: die linke Hand aus dem Fenster haltend, habe ich mir den Blick durch Eis und Reif, die sich auf der Windschutzscheibe bildeten, freigekratzt mit meinem Vermonter Führerschein.

Als ich aus Vermont wegzog, habe ich den Wagen verkauft. Ich habe vierhundert Dollar dafür bekommen, und der Scheck ist geplatzt.

Acht Jahre später bin ich über den Sunset Boulevard gejogged, höchstwahrscheinlich vom Chateau Marmont bis zu Schwab's (jaja, Historiker unter Ihnen werden sagen, wirklich eine kurze Strecke; aber ich war damals nicht besonders fit). Also, ich war beim Joggen, als ich dort meinen Wagen sah. Den 67er Ghia, sandfarben und schwarz, am Straßenrand stehend, und an der Windschutzscheibe prangte ein Schild: ZU VERKAUFEN.

Ich habe die angegebene Nummer angerufen und das Ding für fünfzehnhundert Dollar gekauft. Ich habe ihn auf einem Laster zurück an die Ostküste bringen lassen, und so wie früher schoß er wieder los wie ein geölter Blitz, schmiegte sich leicht und dicht in die Kurven, spulte das ganze liebgewonnene Repertoire ab.

Aber mit den Jahren ist der Wagen dann eben doch so langsam auseinandergefallen. Das lag nicht an der Beanspruchung, sondern an der Vernachlässigung.

Ich bin ihn pro Jahr nur ein, zwei Monate gefahren, und er begann, dagegen so zu protestieren, daß es nicht mehr übersehen werden konnte – die Lackierung, die Gummidichtungen der Windschutzscheibe, die elektrischen Leitungen und so weiter.

Ich hätte ihn einpacken, in Plastikfolie einschweissen sollen, oder was eben geboten ist in solchen Fällen, und ihn in einen Themenpark für gefährdete Spezies, sprich einen Autoschutzpark, transportieren lassen sollen – was, so weit ich es mir erklären kann, nicht nur eine gute Arbeitsplatzbeschreibung, nämlich Autoschützer, abgibt, sondern auch die einzige Entschuldigung für das Weiterbestehen von Los Angeles ist. Ein billiger, aber genauer Treffer.

Das konnte ich aber nicht, weil mir eines gleich klar war: Wenn das Auto meiner Jugend zur Antiquität geworden war, was sagte das über *mich* aus?

Also habe ich es verkauft. An einen überglücklichen Käufer. Und möge der Wagen, ohne je frisch aufgetankt werden zu müssen, auch weiter mit quietschenden Reifen die Wege des Abenteuers fahren.

So leb denn wohl, du Wagen meiner Jugend, mit deinen Sitzen im Fond, die zusammengeklappt einen riesigen Gepäckraum schufen, mit deinen ach so vielen Meilen pro Gallone, selbst im Zeitalter der amerikanischen Hegemonie über den Benzinmarkt; mit deinen stilvollen europäischen Linien; mit der Schnelligkeit, mit der du mich zu meiner Angebeteten gebracht hast. So leb denn wohl.

Wie Mr. Kipling so schön gesagt hat: »Wir haben nur eine Unschuld zu verlieren, und wo wir die verloren haben, da bleibt für immer unser Herz.«

Smash Cut / Harter Schnitt

Ein Freund in Hollywood hat mir erzählt, er überlege, sich ein sündhaft teures Automobil zu kaufen.

»Warum?« frage ich.

»Der Wagen fährt einhundertvierzig Meilen die Stunde«, sagt er.

»Aber, Art«, sage ich. »Du fährst doch nie schneller als vierzig.«

»Ja schon«, sagt er, »aber er kommt verdammt schnell *auf vierzig*.«

Sein Kommentar fällt, wie vieles von dem, was in, um und um unser geliebtes Versailles herum so alles geäußert wird, in die Kategorie jener »Dinge, die fast etwas bedeuten«.

Shakespeare hat es, ins Blaue schreibend, am besten gesagt: »Schnell wie der Blitz in der geschwärzten Nacht, doch eh' ein Mensch vermag zu sagen: ›schaut!‹, schlingt gierig es die Finsternis hinab.« Wenn wir versuchen, den Satz zu analysieren, löst er sich auf. Diese Äußerungen von Fast-Bedeutung dienen dennoch sehr wohl zur Weitergabe von Information. Die Information ist allerdings auf eines beschränkt: Wir sind alle lauter kleine Quatschköpfe und reden auf Quatsch komm raus.

Nehmen wir die Wendung »harter Schnitt«. Ich habe diese und ähnliche so in einem Drehbuch gefunden, wo sie als Anweisung für den Cutter dienen sollten.

Was aber soll ein Cutter mit einer solchen Anweisung anfangen?

Was kann »harter Schnitt« heißen?

Der Autor könnte darauf antworten: »Aber jetzt hör mal ... du weißt doch«, und wir könnten komplizenhaft oder freundschaftlich nicken. Aber was *heißt* es denn nun?

Wenn ich mich recht erinnere, so lassen sich zwei Szenen oder Einstellungen durch Überblendung, durch Aus- und Auf- bzw. Einblenden oder durch einen Schnitt verbinden.

Ein *Schnitt* erfordert Schere und Klebstoff oder deren postmodernes Äquivalent – der belichtete Film einer Einstellung hört auf, der belichtete Film der anderen Einstellung fängt an, anders weiß ich es nicht, anders kenne ich es nicht, und anders kann ich es mir in der Praxis nicht vorstellen.

Man kann einen Film an jeder x-beliebigen Stelle schneiden und damit rhythmische und visuellinhaltliche Unterschiede erzielen (Filmstudenten: aufgepaßt!), aber wenn alles gesagt und getan ist, bleibt es doch ein *Schnitt* und sonst gar nichts. Er kann weich, wüst, langsam oder hart sein. Es ist ein Schnitt.

Mancher mag dies lesen und trotzdem daran festhalten: »Was redet der denn da? Ich weiß doch genau, was die Wendung bedeutet.« Und ich erwidere seelenruhig, nein, eben nicht. Sie mögen zu wissen *meinen*, was sie bedeutet; aber ehrliches Nachdenken wird zeigen, sie bedeutet gar nichts.

Ähnlich ist es mit dem Ausdruck »High-Concept« – der letztlich »interessant« bedeutet oder vielleicht auch »interessant, weil ganz neu«. Dessen Gebrauch verkündet und behauptet, der anspruchsvolle Sprecher sei im Besitz von Fach- und Sachkenntnissen, ein Anspruch, der glücklicherweise einem ähnlichen Ausdruck völlig abgeht, nämlich dem: »Mann, das würd ich mir wirklich gerne ansehn« des gemeinen Volkes.

Aber in »High-Concept« steckt keinerlei Fachwissen, sondern nur eine Arroganz, die sich, wie es steht, als Insider-Information ausgibt.

Die gleiche Geschichte haben wir bei der Bezeichnung »charakterorientiert«.

Sie wird gewöhnlich als Gegensatz benutzt zu »plot-orientiert«, und selbst nach reiflicher Überlegung muß ich gestehen, ich weiß nicht, was soll es bedeuten.

Ich *glaube*, es soll bedeuten, das fragliche Projekt hat einen schwachen Plot.

Nur zur Überlegung: Bei all dem Kauderwelsch, das Produzenten faselnd über Hintergrund und »Vorgeschichte« von sich geben, wollen wir, das Publikum, doch nur eines wissen: »Was kommt jetzt?« Denn das ist das einzige: was passiert.

Wenn einer vom Pinkeln zurückkommt und sich wieder auf die Couch vor den Fernseher setzt, fragt er gleich. »Was ist passiert?« Damit meint er, und das verstehen wir auch so, daß er wissen will: Bitte her mit den Fakten, damit ich darauf gespannt sein kann, »was als nächstes passiert«.

Es gibt den *Plot* (das ist die Struktur der Ereignisse, in die der Held/die Heldin verwickelt wird, wenn er/sie versucht, das gesteckte Ziel zu erreichen), und es gibt einen Mangel an Plot oder eine Plot-Schwäche.

Charakter ist nichts anderes als *Handlung*, und *charakter-orientiert* heißt nichts anders als: »Der Plot ist Kacke, und du kannst nur nur hoffen, daß der Star populär genug ist, um dem Film trotz allem über die Runden zu helfen.«

Die Ärzte des Mittelalters haben lang und breit über die Heilkräfte der verschiedensten Edelsteine disputiert – ob gemahlener Topas gegen die Skrofeln besser wirke als Amethyst, et cetera.

Auf ähnliche Weise schaffen Studiomanager aus Angst vor Verantwortung für Ereignisse und Prozesse, die ihr Verständnis übersteigen, ein Infra-Universum mit einer eigenen Sprache und Logik.

Was sind »Production Values«, also Produktionswerte?

Ich denke, dieser Ausdruck, der den »Wert« von Ausstattung und sonstigem Klimbim in einem Film bezeichnet, bedeutet nichts anderes als »Verschwendung«.

Genial und toll an *Jaws/Der weiße Hai* ist das Vermögen, uns mit einer Einstellung vom leeren weiten Meer in Schrecken zu versetzen. Die beste Einstellung in *Close Encounters/Unheimliche Begegnung* (oder in jedem anderen Science-fiction-Film) ist die Szene, in der die (Auto-)Scheinwerfer an einem Bahnübergang aufstrahlen.

Ähnlich aufregend ist die Szene in *The Thing/Das Ding aus einer anderen Welt*, in der die Wissenschaftler ausschwirren, um die Ausmaße des unterm Eis liegenden Gefährts zu bestimmen und sie (und wir mit ihnen) erkennen, daß es sich um eine Untertasse handelt.

»Produktionswerte« – also *Verschwendung* – bringen unsere Gefühle nicht in Wallung, sondern hinterlassen in uns ein Gefühl der Leere; das läßt sich vergleichen mit einem Besuch im Bordell oder mit dem Gang zur Wahlurne, aber ich wiederhole mich. »Produktionswerte« heißt: Wenn ein Tête-à-tête mit einer faszinierenden Frau interessant ist, müßte ein Souper im Chambre séparée mit einer ganzen Horde solcher Damen geradezu göttlich sein – will man gute Filme machen, sind nicht auffällige Ausgaben erforderlich, sondern disziplinierte Einbildungskraft ist vonnöten.

»Vorgeschichte« heißt soviel wie »Was-ausgemalt-Bekommen«, und dem Zuschauer (Einzahl/Mehrzahl), der gerade vom erfrischenden Klobesuch zurückkommt, ist doch gerade das völlig schnurz.

Wir als Publikum interessieren uns fürs Was-ausgemalt-Bekommen genausowenig wie die Zuschauer eines Boxkampfs. Stellen Sie sich doch nur mal vor, der Boxer wendet sich direkt an uns und sagt: »Klar, ich steige gleich in den Ring, aber erst möchte ich Ihnen noch zwei oder drei Dinge über mich erzählen ...«

DAS IST UNS ABER SCHNURZ. Wir, die Zuschauer im Publikum, bezahlen dafür, daß der Boxer, daß der Filmemacher zur Sache kommt und WEITERMACHT. »Vorgeschichte« gibt dem hartbedrängten Manager einen Grund, etwas zu sagen, das über »Wirst du etwa immer schlanker?« hinausgeht.

Der dritte Akt könnte immer noch ein bißchen mehr Arbeit vertragen. Es gehört eine gewisse Ahnung vom dramatischer Struktur dazu, das Wesen solcher Arbeit vernünftig zu diskutieren.

Aber jeder dumme Hund, dem beigebracht werden kann, um einen Keks zu betteln, kann sagen: »Ich will mehr *über* ihn wissen.«

Und wie steht's mit unserm geliebten »moralischen Dilemma«?

Diese Wendung könnte, wie es scheint, eine Bedeutung haben. Wenn der Held oder die Heldin sich in einem moralischen Dilemma befänden, könnte die Lösung Ihnen oder mir in unserem eigenen Zwiespalt helfen – uns den Weg weisen zu einem saubereren, glücklicheren und freundlicheren Leben.

Aber ich habe von diesem »moralischen Dilemma« nur in Büros gehört. Auf der Leinwand habe ich es noch nie gesehen. Sie etwa?

Und was machen wir, wenn der Manager mit uns über dieses Dilemma redet?

Wir nicken demütig (denn wer wollte sich schon vor aller Augen in der Vorstandsetage verschwören, ein unmoralisches Werk zu schaffen?), und dann gehen wir nach Hause, um unserem Lebensabschnittspartner die Ohren darüber vollzuquatschen, mit was für einem Idioten wir die letzte Stunde zu verbringen gezwungen waren.

Dann gibt es das Problem des Protagonisten. Ihre oder seine Bemühungen, dieses Problem zu lösen, sind der PLOT. Was aber ist das »moralische Dilemma«?

Es ist der Witwer bei Jane Austen. »Wo ist dieser Witwer«, schreibt sie, »ich habe viel von ihnen gehört, aber ich habe nie auch nur einen gesehen.«

Die großen dramatischen Werke der Bühne und die großen melodramatischen Werke des Kinos lassen sich auf ein konkretes Problem seitens des Protagonisten zurückführen. »Moralisches Dilemma« gehört in dieselbe Kategorie sprachlicher Wendungen wie: »Mutter, darf ich?« Gebraucht wird sie sozusagen als Verbeugung vor der Bürokratie.

Ich liebe die Sprache Hollywoods. Sie ist so bunt und einfallsreich wie die jedes anderen edlen oder kriminellen Metiers.

Tod, Stuhlgang, Sex, Geld – all die großen Themen verlangen und bekommen ihren eigenen spriessenden, blühenden Wortschatz; sie versetzen uns zurück in einen primitiv-infantilen Zustand.

Das Militär verwandelt »killed in action«, im Kampf gefallen, in die Abkürzung »K.I.A.« und löst sie auf in Kilo-India-Alpha, und das alles nur, um die eigene Hilflosigkeit zu vertuschen.

Der Autor starrt auf die leere weiße Seite, der Produzent starrt aufs Drehbuch und sucht nach einer Formel, um die grauenerregende Tatsache zu vertuschen: Es ist niemand hier außer mir. Daß es eine solche Formel gibt, ist ein Glaubensartikel, dem unsere sämtlichen Erfahrungen als Schriftsteller, Produzenten und Zuschauer widersprechen. Daß wir beharrlich an der Suche nach einer solchen Formel festhalten, führt uns in die faszinierendsten und albernsten aller Sprachspiele.

Das Drehbuch und die Landesausstellung

Plötzlich ist mir aufgegangen, daß wir uns mitten in einem Aktienboom befinden.

Erst hat einer und dann hat noch einer meiner Freunde von diesem oder jenem jungen Menschen erzählt, der die ihm anvertrauten Gelder drastisch vermehrt habe, und ich habe mir überlegt, daß es bei einer solchen grassierenden Fortüne vielleicht eine gute Idee wäre, wenn ich selber ein paar Aktien kaufte.

Nach weiterem kurzen Nachdenken bin ich allerdings darauf gekommen, daß der Boom, wenn er nun schon so lang und so breit andauerte, daß sogar ich davon hören mußte, nicht mehr weit von seinem Ende entfernt sein konnte – daß letztlich meine Erkenntnis (die erste Blüte der Gier, mein Verlangen, »etwas für nichts, also umsonst zu bekommen«) bedeuten mußte und auch bedeutete, das smarte Geld war gegessen und es war so weit, daß das dumme Geld die Rechnung bezahlte.

Ähnlich verhält es sich auch mit dem Drehbuch. Das ist längst nicht mehr ein krummer Hund, nicht mehr eine Sache der Westküste, es ist vielmehr eine Lebenserfahrung, eine Tatsache, daß jeder Mann, jede Frau ein eigenes Drehbuch geschrieben hat. Der

Bäcker, der Bauer, der Schlachter und alle ihre Sprößlinge haben ein Drehbuch geschrieben. Das weiß ich, weil sie mich alle dazu bringen wollten, diese Bücher zu lesen.

Wenn nun aber die mit Versatzstücken operierende schematische Natur des Hollywood-Kinos allen Leuten klar ist, so klar nämlich, daß alle, die schon beim Verfassen eines Dankesschreibens überfordert sind, sich jetzt am Thriller oder einem Liebesdrama versuchen, muß das denn nicht heißen, daß das Ende bevorsteht?

Ja.

Wessen Ende? Das des Films als dramatische Form.

Denn diese Stümper, unsere Freunde, die Rechtsanwälte, Ärzte und Busfahrer, schreiben ja mit Gewißheit kein Drama. Sie schreiben vielmehr wie unsere höhergestellten Kollegen in Hollywood, um Geld zu machen, womit sie dieses weite Land in eine einzige große *New Grub Street*, eine Straße der Zeilengeldschinder, verwandeln.

Diese willigen Helfer treibt nicht die Lust am Drama, sondern ein merkantiler Wunsch – sie wollen jede Menschengeschichte, jede Wahrnehmung oder Erkenntnis in Gewinn überführen oder zumindest in die Hoffnung auf Gewinn verwandeln.

Auf diese Art ein Drehbuch zu schreiben ist somit kein Schaffensakt, sondern ein Akt der Verbeugung, ein Kniefall. Es ist eine Zeremonie, eine Unterwerfung, bei der die Gefühle und Gedanken eines Menschen dem Goldenen Kalb geopfert werden: »Es gibt keine Lüge, die ich nicht aussprechen werde, kein Geheimnis, das ich nicht verraten werde, keinen Schatz, den ich nicht schänden werde, wenn Sie nur mein Drehbuch kaufen.«

Filme bewegen sich immer weiter weg von dem, was sie einmal als Restspuren des Dramas enthalten haben mögen, und werden immer mehr zur Feier unseres merkantilen Wesens, sie werden zu reiner Reklame. Das gilt besonders für den Sommerfilm.

Der Sommerfilm ist zuallererst und zu guter Letzt eine Zurschaustellung des merkantilen Triumphs – er ist eine Zurschaustellung der Technik.

Seine Anziehungskraft beruht nicht auf unserem Verlangen nach Dramatik (Ziel und Zweck der Kunst ist es, Kunst zu verbergen), sondern auf unserem Verlangen nach Selbstbeweihräucherung – auf der Zurschaustellung von Technologie an sich.

Nun ist die höchste Leistung der amerikanischen postindustriellen Leistung, der letztbeste Anspruch auf die amerikanische Weltmeisterschaft, unsere Technologie. Und die wird am leichtesten vom Verteidungsministerium und vom Kino präsentiert. Bei beiden sehen wir die schockierendste neue Version der menschlichen Fähigkeit zur Ausschmückung.

Der Sommerfilm ist kein Drama, er ist nicht einmal die seltsame Mischung aus Drama und Geschäft, das Festspiel; der Sommerfilm ist eine reine Ausstellung, kurz und bündig.

Er ist das, was jeder unserer Bundesstaaten als State Fair auf die Beine stellt, eine Landesleistungsschau samt Rummel, zu der die Bevölkerung strömt, um vor Staunen das Maul aufzusperren angesichts der neuen, geilen Verheißungen des Handels und sich mit Reklame bombardieren zu lassen.

Der Sommerfilm hat durchaus seine Reize und geizt nicht mit Lust und Schrecken, ganz so wie sein Vetter, die Achterbahn.

Ihm haftet der Makel des Halbseidenen an, wie schon seinem Vorläufer, dem Tanz der Bajaderen.

Weniger eine mit Reklamewänden gesäumte Straße, ist der Sommerfilm an sich schon Reklame.

Wurden gestern noch Preise und Titel vergeben, das Süßeste Baby der Welt und so weiter, ist heute an deren Stelle die Bekanntgabe der Einspielergebnisse des Sommerfilms getreten.

»Landesweit der Film Nummer eins« ersetzt die Lautsprecherdurchsage des Siegers im Sackhüpfen.

Und im Sommerfilm gibt's auch die Ausstellung der preisgekrönten Zucht- und Nutztiere: die Filmstars, die dermaßen gehätschelt, getätschelt und zwangsernährt werden, daß wir sie einfach mit unserer ganzen Bewunderung überschütten müssen.

Der Sommerfilm – wie die State Fair – führt uns zusammen und erlaubt uns, daß wir freudig den Kopf schütteln und zueinander sagen: »Willst du dir *das* wirklich ansehen?«

Wenn wir uns klarmachen und akzeptieren, daß es sich dabei nicht um ein Drama handelt (es ist ja auch keines), dann brauchen wir die Flachheit des Sommerfilms nicht zu verdammen. Es wäre unangemessen, den Wettbewerb im Tortenessen deswegen zu kritisieren, weil es ihm an gebotener Achtung vor der Nahrung mangelt.

In einem Sommerfilm wäre Drama ebenso deplaciert wie Landschaftsgärtnerei auf dem Rummelplatz einer Landesleistungsschau.

Sein Drehbuch hat mit einem Drama ebensoviel zu tun wie der Schmusetext auf einer Packung Cornflakes. Deren schriftliche Verfertigung, ihre Produktion, sind ein einziger Kniefall vor dem Gott des Geschäfts.

Das Publikum zahlt seinen Obolus und verbringt zwei Stunden bei einer Feier der Verschwendung in einer Zeit des Überflusses, der ungeschmälerten Lust an der Sonne, des Sonnenwendfestes, wenn die Anbetung des antiken Gottes reine Freude bereitet und die Göttin Nemesis für einen Augenblick aller Macht beraubt ist.

In dieser druidischen Feier fällt sie allerdings einem Ritualmord zum Opfer – der Held erschlägt sie am Ende des Films, und wir gehen weiter unseren Weg, hinaus in die lauschige Sommernacht.

Bad Boys

In den siebziger und achtziger Jahren war es in gewissen Kreisen Mode, sich über die angebliche Neigung des Mannes auszulassen, gefühllos, herzlos, egoistisch zu handeln, kurz gesagt, den »macho« rauszulassen.

»Macho« gleich böse.

Selbstverständlich sind Männer nun einmal von Natur aus arrogant, herzlos und egoistisch.

Genau wie Frauen.

Es ist ein Trick der Herrschenden, ob nun eines Menschen oder einer Organisation, dem Individuum jene Eigenschaften vorzuwerfen, die universell sind.

Diese Manipulation beschreibt allgemeine Schwächen als besondere Fehler des Angeklagten.

Das wahrhaft arrogante, egoistische Individuum macht sich nichts aus der Meinung der anderen, und so haben für ihn oder sie solche Anklagen keinerlei Gewicht.

Das nicht-arrogante Individuum dagegen, das sich sehr wohl den Kopf zerbricht über das tatsächliche oder auch nur mögliche Vorhandensein dieser unglücklichen Neigungen in sich, kann aber sehr wohl durch die Anklage wegen Arroganz und Selbstsucht aus dem Gleis geworfen und/oder auch damit beherrscht werden.

Die Appelle der verschiedensten Frauengruppen und verschiedensten Frauen für größere »emotionale Empfänglichkeit« seitens der Männer, die Forderung, daß Männer »zuhören« sollen, war keine emotionale Forderung – kein allgemeines Verhalten entschädigt wirklich verletzte Sensibilitäten, sondern nur besondere Wiedergutmachung. Und die Forderung: »Du sollst besser zuhören«, ist eine verschlüsselte Botschaft, sie bedeutet: »Du sollst auf das reagieren, was ich gar nicht ausgedrückt habe.«

Die unausgesprochene Forderung war die nach finanzieller Sicherheit.

Sie wurde deshalb nicht ausgesprochen, weil sie keine bewußte Forderung war. Und die Bitterkeit, die vieles von der Rhetorik und den Gefühlen jener Zeit über dieses Thema bestimmte, entstammte nicht der Unfähigkeit der »bösen« Männer, auf die Forderung »Sei einfühlsamer« zu reagieren, sondern beruhte auf der Unterdrückung des Gedankens: »Du sollst für meinen Unterhalt sorgen« – der Zorn wurde somit nicht durch die Männer hervorgerufen, sondern durch ebendiese Unterdrückung.

Die schwammigen Forderungen – du sollst mehr und besser zuhören, mehr und besser auf mich eingehen, mehr und besser auf deine Gefühle hören –, solche Forderungen können beim Adressaten nur eine Reaktion auslösen: Verwirrung; und diese Verwirrung wurde von den Vortragenden als Beweis ihrer Ausgangsthese begrüßt: daß die Männer tatsächlich von ihren Gefühlen abgeschnitten waren/sind.

Bei dieser Auseinandersetzung macht sich die Vortragende, die Erheberin der Forderung, zum Elternteil, zum Erziehungsberechtigten und schiebt dem Mann die Rolle des bösen Kindes zu. Das böse, schlechte, anmaßende, arrogante, gefühlskalte Kind hat nun mal versagt, und zwar auf eine Weise versagt, die es selbst nicht verstehen kann, die für das Elternteil aber nicht nur klar, sondern auch von höchster Bedeutung ist.

Da das Kind naturgemäß gefallen will und muß, muß es auch den Grund verstehen, weshalb es das Mißfallen seines Elternteils, der Mutter, erregt.

Dieser Mechanismus gibt dem bösen Elternteil die Macht, das Kind willkürlich zu manipulieren, Verwirrung auszulösen und damit Schmerzen zu erzeugen. Und da die Forderungen nicht erfüllt werden können, erzeugen sie im Kind einen Zorn, der wiederum ausreicht, sowohl bei ihm wie bei dem Elternteil die Wahrheit der Ausgangsthese zu bestätigen.

Die herrschende Mutter handelt nun ja nicht so, um damit ihr Kind zu unterdrücken, sondern weil sie dramatisieren will, eine Herrschaftsphantasie über jene ausagieren will, von denen sie selbst unterdrückt worden ist: ihre eigenen schlechten Eltern.

Das Kind, dem in diesem Melodram die Rolle des Bösewichts bestimmt ist, wird erniedrigt, beleidigt, verärgert und verwirrt.

Da es ihm nicht mehr erlaubt ist zu erfreuen, da es nicht mehr für seine Mitarbeit belohnt wird – kurz gesagt, da es nicht mehr geliebt wird –, macht es sich die ihm zugewiesene Rolle bereitwillig zu eigen, nämlich als einzige Möglichkeit, seine Eltern zu erfreuen (zu beschwichtigen, versöhnlich zu stimmen).

Widerstand gegen die These seiner Eltern befreit das Kind nicht von deren Tyrannei, sondern belastet es zusätzlich noch mit der Bürde der Schuldgefühle (da, siehe oben, sein Zorn und sein Groll ihm bewiesen haben, daß seine Eltern recht haben).

Indem das Kind sich dem unterwirft, was es nun als verdiente Mißhandlung betrachtet, läßt es sich in einen dauernden Zustand der Träumerei über die Eltern zwingen (das Kleinkind braucht die Eltern, was Lebensunterhalt und Schutz angeht; das unterdrückte Kind, was Deutung und unablässige Versicherung der [zurückgehaltenen] Liebe angeht).

Damit triumphiert der böse Elternteil. Das Kind ist in der Gewalt der Eltern, von ihnen abhängig; und somit könnte die Unterdrückung ein Ende haben, da die Kontrolle sich von den Eltern auf die verinnerlichte »elterliche« Stimme des Kindes verlagert hat – das Kind quält sich jetzt selbst.

Aber die Unterdrückung hört *nicht* auf.

Erstens hat sie keine gegenwärtige Ursache und kann deshalb nicht gemildert werden.

(Die Ursache ist wiederum, daß der Elternteil von den eigenen Eltern mißhandelt wurde. Jeder Versuch, diese Situation oder ihre weitverzweigten Folgeerscheinungen zu bereinigen, muß konkret zu Werke gehen, er kann nicht aus Ersatzhandlungen bestehen. Die Ursache für das Unglücklichsein des bösen Elternteils liegt in der Vergangenheit und muß verstanden werden, bevor der Zustand gebessert werden kann.)

Zweitens *ist* das Kind jetzt (und letzten Endes) ein Versager. Jetzt *ist* es abgeschnitten von seinen Gefühlen (die Gefühle der Wut sind) und weiß nicht mehr, worauf sie sich eigentlich genau richten; und es *hat* seine Mutter im Stich gelassen: Es hat keinen Trost, keine Wiedergutmachung geboten, und mit dieser Unterlassungssünde hat es das Unglücklichsein des Elternteils erst ausgelöst.

Das Kind, dem eine Rolle in einem Psychodrama zugewiesen wird, das es nicht verstehen und schon gar nicht lösen kann, kann auf die Bedürfnisse, die Nöte der Mutter nicht reagieren. Es kann nur leiden.

Also waren die damals modischen Forderungen – sei empfänglicher, höre mehr auf deine Gefühle, achte mehr auf deine feminine Seite – ein Akt der Unterdrückung; sie waren die unbewußten Statthalter für einen unannehmbaren Gedanken. Der Gedanke verursachte Anomie und wurde unterdrückt, diese Unterdrückung löste Zorn aus, und der Zorn richtete sich nicht gegen Kinder, sondern gegen jene, die als Gruppe ähnlich veranlagt waren zu gefallen (nicht einer »Mutterfigur«, sondern den *Frauen*): die Gruppe heterosexueller Männer.

(Das soll natürlich nicht heißen, daß heterosexuelle Männer dazu neigen, Frauen zu beglücken, weil sie – die Männer – altruistisch, selbstlos oder »gut« wären, sondern einfach nur, daß sie eine natürliche Neigung dazu haben, wenn auch aus keinem anderen Grunde, als daß Frauen etwas haben, das ebendiese Männer wollen.)

Sind *alle* heterosexuellen Männer gleichermaßen dazu disponiert, Frauen zu beglücken? Nein. Aber nur die so Veranlagten (die dazu noch über ein angeknackstes Ego verfügten) konnten sich unter die Knute der schimärischen Forderung bringen lassen. (Die anderen haben auf die irrationale Forderung mit einem »Ach, laß mich in Frieden« reagiert.)

Welcher Gedanke wurde unterdrückt?

Der Schlüssel liegt meiner Meinung nach in der unbewußten Wahl des Mechanismus.

Wer die Forderung nach Gefühligkeit erhebt, macht den Empfänger seiner Botschaft zum Objekt elterlicher Gewalt (er will dem Empfänger das Unrecht heimzahlen, das dem Fordernden von seinen Eltern angetan wurde) und will ihn in seinem Bemühen, das Unerfüllbare zu erfüllen, dazu bringen, den Fordernden zum Zentrum, zum zentralen Schiedsrichter seiner Welt zu machen. Sie – denn der Fordernde, der Elternteil ist eine Sie – zeigt mit ihrem Handeln, daß sie zornig ist, weil man ihr in ihrer Kindheit dieses ihr naturgemäß und rechtmäßig zustehende Vorrecht vorenthalten hat. Sie unterdrückt das Verlangen nach Sicherheit und den Zorn über verweigerte Sicherheit.

Als in den siebziger und achtziger Jahren die Frauen aus der gutbürgerlichen Mittelschicht auf den Arbeitsmarkt drängten, hatten sie selbstverständlich mit Vorurteilen gegen Frauen zu kämpfen.

Sie mußten auch, was vielleicht genauso wichtig war, mit jener Anomie, jener Angst und jenem Schrecken kämpfen, denen sich alle Männer stellen müssen, die ihren Weg in der Welt machen wollen; nur bekamen sie nicht den (meiner Meinung nach dürftigen, aber nichtsdestoweniger wirklichen) Beistand zu spüren, den die maskuline Tradition bietet: »Ja. Es ist schwer, aber es *ist* nun mal dein Job, den Lebensunterhalt zu verdienen. So ist es immer gewesen, oder hast du etwa eine andere Wahl?«

Diese Frauen mußten sich ohne eine solche Tradition dem Arbeitsmarkt stellen und sich gleichzeitig gegen die Vorurteile gegen Frauen behaupten. Und das haben sie zu Recht als erschreckend empfunden.

Ihre Bürde wurde noch verstärkt durch die Doppelbelastung von Familie und Arbeit; deshalb hatten sie, wie schon oft beschrieben, an ihrem Arbeitsplatz Schuldgefühle, ihre Familie zu vernachlässigen, und ebensolche zu Hause, ihre Arbeit hintanzustellen.

Eine solche Frau brauchte jemanden, der sich um sie kümmerte, alles auf die Reihe brachte und ihr Ruhe und Frieden bot.

Damit war diese Schwester in genau derselben Lage wie ihre Brüder im gesamten Verlauf der Geschichte. Nur wurde die Lage der Frau durch eines kompliziert: Sie hatte einen Ausweg.

Für eine Frau war (und ist) es theoretisch wie praktisch möglich, *nicht* hinaus auf den Arbeitsmarkt zu gehen – sie kann zu Hause bleiben, als Hausfrau und/oder Mutter.

Und so hat, wie ich meine, der Druck dieser Alternative das Entstehen ihrer oppressiven (weil nicht zu erfüllenden) Forderungen an die Männer ausgelöst.

Ich glaube, nur wenige Männer haben, als sie zum ersten Mal als Erwachsene vor der Welt der Erwachsenen standen, in ihrer Phantasie nicht in Gedanken einer Ausnahmegenehmigung nachgehangen: »Ich glaube, ich bleibe lieber im Bett; meine Eltern/die Gesellschaft/die Welt werden mir schon irgendwie ein Entschuldigungsschreiben liefern, und dann brauche ich nicht hinaus in die Welt, für die ich mich, und das weiß ich, völlig unvorbereitet fühle.«

Für eine Frau ist so etwas – potentiell zumindest – alles andere als reine Phantasie.

Sie *könnte* ja zu Hause bleiben, *könnte* heiraten und als Hausfrau leben. Doch wenn auch ihr Milieu eine solche Lösung nicht ächtet, weiß sie doch, daß es solche Milieus gibt.

Und so wird der nahezu unerträgliche Übergang in ein von fremder Hilfe unabhängiges Eigenleben durch Phantasie erleichtert.

Eine Frau könnte (je nach Wahl einige oder eins der folgenden) aufgeben: ihre Sehnsüchte, ihre Philosophie, ihre Freunde, ihren Ehrgeiz, und sich damit Schmerzen ersparen.

Wie aber, so fragt sie sich, kann ein vernünftiger, *guter* Mensch so etwas überhaupt in Betracht ziehen? (Dieselbe Frage stellt sich übrigens der Mann auch.)

In den achtziger Jahren brachen finanziell schwierige Zeiten an; die Wirtschaftsflaute brachte es mit sich, daß Arbeitsplätze schwer zu bekommen und zu halten waren. Frauen waren als letzte auf den Arbeitsmarkt gestoßen, und sie waren die ersten, die wieder draußen waren. Sie hatten sowieso mit Vorurteilen zu kämpfen, und so wünschten sich viele von ihnen, da sie nun mal auch nur Menschen sind, unbeschädigt aus diesem angsteinflößenden Hickhack davonzukommen.

Ein Mann kann sich zu seinem Glück nicht zurückwünschen in den Zustand der Kindheit; denn damit würde er sich der männlichen Autonomie/Integrität berauben.

Aber der (unbewußte) Zustand der Frau bot ihr wiederum die (fiktive oder wirkliche – es war ein *Angebot*) Alternative der befreienden Ausnahmeregelung und Sicherheit.

Schwierige Zeiten ließen in ihr diesen Wunsch entstehen. Der Wunsch aber repräsentierte für sie ihr schmähliches Versagen und wurde somit unterdrückt. Die Unterdrückung erzeugte Zorn, und der Zorn richtete sich gegen die Männer.

Der Mann hatte sie enttäuscht, im Stich gelassen. Als Vater hatte er ihr eine Welt der Ungewißheit hinterlassen. Und als Gatte hatte er sie enttäuscht – als Ernährer der Familie war er eine Flasche.

Fürs Bewußtsein waren beide Sichtweisen unannehmbar. Denn jede verwies auf einen (wiederum allgemeinen) Wunsch, versorgt zu werden, was für die

Frauen jener Zeit gleichbedeutend war mit Infantilisierung.

Deshalb wurden diese Sichtweisen unterdrückt. Aber sie fanden ihren Ausdruck im Mechanismus der Infantilisierung.

Die versuchte Infantilisierung des Mannes wurde verursacht durch den Wunsch, die Mutter/den Vater zu kontrollieren, zu bestrafen. Und der Zorn des unterdrückten Wunsches steigt sozusagen hydraulisch als Reaktion auf den unannehmbaren Gedanken: in diesem Falle, daß nämlich der Mann (wenn schon sonst nicht, so doch in wirtschaftlicher Hinsicht) der Frau überlegen ist.

Daß die Konjunktur der Rhetorik des »machismo« und des »Ausdrucks der Gefühle« in letzter Zeit offenbar leicht abgeflaut ist, läßt sich womöglich dem wirtschaftlichen Aufschwung und dem simplen Wirken der Zeit zuschreiben.

Die Frauen, die als erste die Verantwortung übernommen haben, absolut gleichberechtigt in die Arbeitswelt zu gehen (zum Nutzen für sich selbst und ihre Schwestern), haben, wie auch immer, ihren Weg in der Berufswelt gemacht und fortgesetzt.

Alle Frauen in ihrer Nachfolge sind auf einen Arbeitsmarkt gekommen, der vielleicht etwas weniger feindlich, aber bestimmt auch weniger fremd war. Die Erwartungen nicht nur der Frauen, sondern aller Amerikaner auf Arbeitssuche sind in letzter Zeit gesunken, und der neue Arbeiter, die neue Arbeiterin vergleicht sich und sein/ihr Los mit dem ihrer verwirrten und enttäuschten Eltern, aber nicht wie diese Eltern mit dem glücklicheren Los einer Generation, die in größerer finanzieller und emotionaler Sicherheit lebte.

Resorts / Erholungsorte

Ich war mit meiner Familie in einem Erholungsort. Meine Tochter hielt in der Hand eine Aki-Frucht aus Pappmaché. Ich wollte sie so fotografieren, damit ich eines Tages sagen konnte: »Siehst du, hier auf dem Foto, das bist du, und da auf deinem Regal, das ist dieselbe Aki-Frucht, die die ganze Zeit schon in deinem Zimmer ist.« Aber könnte man nicht sagen, daß meine Vision dieser zukünftigen Szene letztlich nur ein weiterer Vorwand für ein Foto war, für den Versuch, etwas in der Zeit zu bannen, was sich nicht festhalten läßt – und so weiter ad infinitum, wie der Blick in zwei Spiegel beim Friseur, der uns zurückwirft auf unsere erste Ahnung vom existentiellen Ekel?

Und woran würde sie sich überhaupt erinnern von ihrer Reise im Alter von fünfzehn Monaten? Nicht an den Erholungsort. Vielleicht würde sie mit zunehmendem Alter die Gegenüberstellung des Schwarzweiß-Fotos mit der bunten Frucht aus Pappmaché bemerken und über die Reise sagen: »Meine Eltern müssen wohl diese Sorte Mensch gewesen sein – daß sie wollten, daß ich mich an so etwas erinnere.«

Und so habe ich mir in Gedanken einen Tag in der Zukunft ausgemalt, an dem sie, wenn ich schon längst tot wäre, das Foto ansähe, und ich habe geradezu in

Selbstmitleid gebadet, bis ich auf den Hinweis der Stoiker stieß: »Du wirst dich nicht mit den Malaisen des hohen Alters herumschlagen müssen. *Der* Mann wird bereits von den Göttern vorbereitet.«

Und woraus besteht diese Vorbereitung, wenn nicht zumeist in Vergeßlichkeit? Für mich, meine Tochter, meine Frau und die andern Anwesenden in dem Erholungsort ging die Ostküste ganz im Blizzard des Jahres '96 auf.

Doch für uns waren es Spuren im Sand, und morgens um halb sechs auf der Terrasse ist die Welt noch in Ordnung. Meine Tochter saß auf meinem Schoß, oder wir sind durch die Zimmer gewandelt, während ihre Mutter noch schlief. Wir haben auf dem Klavier »You Belong to Me« oder vielleicht »Frivolous Sal« gespielt, und von den anderen Hotelgästen war noch keiner wach, bis auf einen griesgrämigen Briten, der an seiner Zigarette nuckelte und dem Rest der Welt die gewagte Frage stellte, warum er und seinesgleichen sich nie die Haare waschen.

Meine Tochter und ich.

Als ich jung war, aber das habe ich ihr nicht erzählt, sind meine Eltern mit meiner Schwester und mir in Erholungsorte in Wisconsin, nach Tucson und Miami Beach gefahren. Ich rieche noch den Geruch von Noxema auf meiner sonnenverbrannten Nase und irgendeiner Tinktur auf dem Sonnenbrand auf meinen Unterarmen, wegen dieser Verbrennungen durfte ich nicht in den Pool. Und ich erinnere mich an die Speisekarte von Wolfie's, wo, wie mein Vater sagte, Meyer Lansky an seinem üblichen Tisch in der Ecke saß.

Ich erinnere mich an den Flug von Chicago Midway nach Miami. Wir sind damals mit der TWA Constellation geflogen, der schönen delphinförmigen Maschine, und blieben alle, die ganze Familie, die halbe Nacht auf, und als wir spät ins Hotel kamen, haben wir noch Grapefruit mit der dazugehörigen Kirsche obendrauf gegessen und haben unsere alten Herrschaften angebettelt, doch noch mit uns runter zum Pool zu gehen.

Ich weiß noch, wie das Flugzeug zum Terminal rollte, wie das Gepäck per Hand aus dem Laderaum auf einen Handwagen gepackt und dann auch per Hand auf die silbrige Rampe gehievt wurde, von der wir es abholten – eine simple Szene, wie sie nur die Erinnerung liefern kann oder das Ende von Stanley Kubricks Film *The Killing/Die Rechnung geht nicht auf*.

Nach dreißig Jahren war es mir letzte Woche wieder einmal vergönnt, über Miami Airport einzureisen, und ich muß schon sagen, er kam mir ziemlich verändert vor. Ich war auf der Heimreise aus dem Erholungsort, der mich zu diesem Text angeregt hat, und zwar mit Frau und Kleinkind, und wir mußten umsteigen, unser Gepäck holen, durch die Zoll- und Grenzkontrollen und so weiter, wobei Sie jetzt denken, warum muß der Bursche nur so jaulen, müssen wir uns da nicht alle durchquälen?

Meine Antwort lautet, ja, das müssen wir alle. Da es zu viele Menschen auf dem Planeten gibt, zu denen ich genauso gehöre wie Sie; nur war es so, daß der Trip durch den Flughafen mehr Spaß gemacht hat als der Besuch der wiederaufgebauten Goldgräberstadt Knott's Berry Farm.

Was mich zum Nachdenken über das Phänomen von Urlaubs- oder gar Erholungsorten anregt. Mir scheint, daß der Geist der Reglementierung in unserem Land weit verbreitet ist, und so sehr wir auch über die Japaner spotten mögen, so beziehen doch wir

Amerikaner weder Vergnügen noch Ablenkung aus dem, was wir als unsere »Freizeit« oder gar »Muße« bezeichnen, sondern nur noch deren reglementiertes Destillat, oder wie es eine jiddische Redewendung in Worte faßt: »Du mußt schneller tanzen, denn der Laden macht in einer Stunde dicht.«

In einer Urlaubsanlage sind die Gäste, also wir selbst, die Gänse, die die goldenen Eier legen, und deshalb sollten wir verstehen, wenn der Betreiber verärgert auf unsere Eigenheiten reagiert – stellen Sie sich einen Bauern vor, der es mit »eigensinnigem« Geflügel zu tun hat.

Ja, ich habe eine aufmüpfige Einstellung, ich bin eigensinnig von Geburt an, und ich habe unsere wenigen Tage in der Sonne zumeist mit der Überlegung verbracht, ob ich, unterm Strich, im zum Schnee verdammten Dreck New Yorks nicht glücklicher gewesen wäre als mit dem Wissen, daß dienstags Beach Party Night ist.

Ich bin eine Heulsuse, und am dritten Tag hat meine Frau mir den Kopf zurechtgestutzt mit den Worten: »Du bist hier nicht zum Vergnügen, sondern zum Ausspannen.«

Ich könnte mein Unvermögen, mich an Erholungsorten zu vergnügen, meinem Judentum zuschreiben und der hochgeschätzten (wenn schon von keinem anderen, so doch zumindest von mir) Theorie/Beobachtung, daß wir Juden so unsere Probleme mit dem Reisen haben (siehe: Exodus), aber ich habe, wie gesagt, in meiner Jugend einiges an Zeit in Ferienanlagen verbracht, und dazu noch in jüdischen Ferienanlagen. (In den fünfziger Jahren galt für diese Orte die Einteilung »Jüdisch« oder»Beschränkter Zutritt«, wobei letzteres nichts anderes hieß als: Hebräer brauchen erst gar nicht anzufragen.)

Die Erholungsorte in Wisconsin waren für uns Juden aus Chicago so etwas wie die Catskills. Ich fand es toll, umsonst flippern zu können, und war ganz wild auf die »Aktivitäten«: Alle Vögel fliegen hoch, Shuffleboard und die Verkleidungen – kurz gesagt, mir hat die sorglose Atmosphäre gefallen, Sanssouci für alle.

Dann verkündete mein Vater eines Jahres, daß wir diesmal nicht wieder in unser angestammtes Ferienquartier fahren würden. Hartnäckig befragt nach einer Begründung, gab er von sich: »Zu viele Juden.« Ich bin mir sicher, daß die von ihm als Alternativen aufgeführten Orte Strafe genug waren für seine Entscheidung. Jedenfalls ist mir das so auf meiner gegenwärtigen Reise durch den Kopf gegangen.

Mir kamen die Leute in unserem (gegenwärtigen) Ferienhotel sehr distanziert vor; dabei reicht allein meine Distanziertheit, wie belieben, schon für uns alle.

Wir bekamen zu hören, daß »sie« schon seit ewigen Jahren in die Karibik kämen, immer an diesen Ort, wo sie Liaisons eingegangen, Bindungen und Allianzen geschlossen und gelöst hätten, Kinder in die Welt gesetzt und Freundschaften auf Lebenszeit geschlossen, und mit den anderen Stammgästen klatschten und tratschten sie über die Schweine von Eindringlingen, die letzten Endes nur versuchten, ihre Familie vor einem Schneesturm zu bewahren.

Daß so geklatscht und getratscht wurde, fand ich rührend und bezaubernd, weil meine Familie und ich (Freiwild, da Neulinge) über keinerlei deutlich erkennbare Merkmale oder gar Ungezogenheiten verfügen, die zu Spekulationen anregen könnten.

Und wer waren diese Klatschmäuler, frage ich, als absolut durchschnittliche Amerikaner der Mittelschicht, die in die Karibik düsten, um Sonne zu tanken, nach Strich und Faden hofiert und bedient zu werden und sich das Maul über alle zu zerreißen, die es weiter gebracht hatten? Vielleicht büße ich immer noch meines Vaters Sünde.

Und, um der Wahrheit die Ehre zu geben, ich *bin* der Jude, dem er aus dem Weg gehen wollte (wie er selbst auch). Und da mir die Einsamkeit lieb ist, ziehe ich in jedem Fall Shuffleboard dem Tennis oder Golf vor.

Ich erinnere mich an Miami Beach in den fünfziger Jahren und an die Eröffnungen der Hotels Fontainebleau, Eden Roc und Nautilus – und ich meine mich zu entsinnen, all diesen Eröffnungen beigewohnt zu haben, jedenfalls stellt es sich mir so dar.

Ich war damals, in den Fünfzigern, hundertprozentig bei der Eröffnung des Hotels Nautilus.

Das Atom-Unterseeboot *Nautilus* war gerade in Dienst gestellt worden. Seine Besatzung wurde zur entsprechenden Feier ins gleichnamige Hotel eingeladen. In der Erinnerung sehe ich noch, wie viele der Männer in ihren weißen Uniformen auf der Treppe zum obersten Sprungbrett des Swimming-Pools aufgereiht standen, und sogar noch auf dem Sprungbrett selbst, von dem dann ein Matrose im passendsten Augenblick höchster Fröhlichkeit in den Pool fiel.

Kürzlich habe ich einen Mann aus der damaligen Besatzung der *Nautilus* kennengelernt, und ich fragte nach dem Burschen, der ins Wasser gefallen war. Ich hegte natürlich, ohne guten Grund dafür, die Hoffnung, der Mann würde sagen: »Herrje, das war *ich*«, aber den Gefallen tat er mir nicht; er konnte sich weder an den Mann, an den Pool, noch an das Hotel erinnern, und er versicherte mir, daß er als ehemaliges Besatzungsmitglied dabeigewesen wäre, wenn es es denn so gewesen wäre, und wäre er dabeigewesen, würde er sich auch daran erinnern.

Ich schob seinen Patzer, die Vergeßlichkeit, den Göttern zu, die ihn (oder vielleicht mich) darauf vorbereiteten, das Alter zu ertragen. Und bin meiner Wege gegangen.

Was hätte es bedeutet, wenn er geantwortet hätte: »Ich war der Mann, der ins Wasser fiel?«

Wem hätte es das Leben erleichtert, wem hätte es eine Last von den Schultern genommen, und wer bin ich, daß ich von den herrschenden Mächten verlange, sie sollten ihre überschätzte Aufmerksamkeit auf meine alberne Bitte nach einem Augenblick billiger, zufälliger Übereinstimmung richten?

Und was ist, na wenn schon, wenn die Aki-Frucht auf dem Foto das gleiche Gelb und Rot hat wie die Aki-Frucht hier im Regal? Könnten wir nicht sagen, daß (hergehört, liebe Photo-Ästheten) die Fähigkeit, etwas im Bild zu bannen, festzuhalten, was tatsächlich geschehen ist, im Grunde der Sinn der ganzen Übung ist?

Aber ich schweife ab und stelle Ihre Höflichkeit auf die Probe, indem ich Sie noch einmal an einen Erholungsort in Wisconsin und zu einer Talent-Show entführe.

Ich war damals sieben oder acht, und damit müßte meine Schwester vier oder fünf gewesen sein. Unsere Familienbande, die Eltern hatten uns zu einem Auftritt erpreßt. Ich sollte »Young at Heart« singen, gerade ein populärer Schlager von Frank Sinatra, und meine Schwester sollte mitsingen. Oder sie sollte singen und ich sie am Klavier begleiten oder was weiß ich, jedenfalls war es ein geradewegs in die Katastrophe führender Plan.

Da standen wir nun, klar, denn man hatte uns die Pistole auf die Brust gesetzt, schlotterten vor Angst und produzierten uns für die Erwachsenen im Saal, und nach vier Takten fing meine Schwester an zu weinen, und das Publikum mußte lachen.

Ich habe, glaube ich, einen achtbaren Schlußakkord hingelegt, Ruhe geboten und bin wie ein Mann aufgestanden und habe die Massen zusammengestaucht, auf daß sie Reue bekundeten. Ein frühes Beispiel edler Selbstlosigkeit, die in der späteren Folge ein bißchen buntscheckig ausfiel; aber wenn ich am Ende den feurigen Flammen doch noch entkomme, kann ich mich vielleicht bei Frank Sinatra bedanken, und wie viele Menschen können das schon sagen?

Ich erinnere mich an einen Ort namens Starved Rock Lodge irgendwo in Illinois (für uns wahre Bürger Chicagos existiert »Illinois« nur als Füllsel und Einfügung zwischen dem postalischen Bestimmungsort »Chicago« und der nachgestellten Postleitzahl).

Die ganze Anlage war auf indianisch getrimmt, praktisch die mittelwestliche Ausführung dessen, was Niagara an der Ostküste ist – ein Ort für Flitterwöchner, benannt nach dem edlen und, wie es scheint, ziemlich alltäglichen indianischen Brauch des Selbstmords aus Liebe, dem, wie Mark Twain uns gemahnt, der Hotelier sehr viel verdankt.

Ich entsinne mich riesiger rustikaler Balken und vieler folkloristischer Beacon-Decken (benannt nach der Herstellerfirma), und es beschleicht mich das präpubertäre Gefühl, daß die ganze verdammte Chose eine reine Inszenierung war.

Ich entsinne mich der Erholungsorte in den Adirondacks, wie sie in den siebziger Jahren waren – sie hatten alle harte Zeiten zu bestehen und stanken nach hundert Jahren Mäusen und schlechtem Essen. Ich entsinne mich etlicher Korridore, die wie Coleridges »für Menschen unermessene Höhlen« waren, und dabei geht mir auf, daß sein Lied auf Xanadu an sich schon eine Ode auf einen Erholungsort ist und daß *sein* Opiumtraum von Lust und Luxus durch das Auftauchen eines Besuchers zuviel zerstört wurde – etwa so, wie sich meine Gruppe und *deren* Gruppe auf unserem letzten Ausflug in die Karibik gegenseitig geärgert haben.

Ad absurdum geführt wird das Erholungserlebnis auf dem Miami Airport, das heißt, hier spiegelt das Industrieprodukt schwelgerischen Genuß vor.

Der Flughafen hat mit einem Themen-Vergnügungspark einiges gemein, hier wie dort muß man in qualvoller Enge warten und Angst um seine Kleinen haben; die Sorgen, die einem der Zoll, die Einreiseformalitäten und das Gepäck machen, haben zwar nicht den aufregenden Reiz der Fahrgeschäftsattraktionen im Vergnügungspark, sind dafür aber so reizvoll vorhersehbar.

Ich habe mich bei der Paßabfertigung angestellt und gezittert wie Espenlaub, sensibel, wie ich nun einmal bin. Es war eine lange Schlange, und die Drängelei der Heimkehrer vermittelte einen Vorgeschmack der Hölle. Aber ich hatte es mit meiner Familie an die Spitze der Schlange geschafft. Die Masse der Menschheit wurde nach kurzem Blick in den Paß einfach durchgewinkt und durfte einreisen. Mich aber ließ der Beamte warten, schaute einmal, zweimal, ja dreimal in den Paß und stellte mir ein paar Fragen – später wurde mir bewußt, daß ich gezittert hatte, was einem solchen Beamten ja das Blut in den Schädel schießen lassen mußte.

Das Erlebnis Flughafen hatte mir allen Mumm genommen, da sich aber nichts fand, durften wir, nachdem alles gesagt und getan war, weiter in jenen Bereich des Flughafens passieren, der zu den Vereinigten Staaten von Amerika gehörte.

An jenem Abend dachte ich, daß mir der schönste Augenblick einer Auslandsreise verwehrt worden oder entgangen war – leider auch der schönste Augenblick des Erholungserlebnisses überhaupt: wenn nämlich der Grenzbeamte einem den Reisepaß zurückgibt und dabei sagt: »Willkommen zu Hause.«

Noah

Nehmen wir einmal an, was Freud von Träumen behauptet: Es gibt den *manifesten* Trauminhalt, das ist der Traum, an den wir uns morgens erinnern; und es gibt den *latenten* Trauminhalt, und das ist der Traum, den zu verdunkeln der manifeste Trauminhalt konstruiert wird, der Traum also, den wir am liebsten vergessen möchten, weil er zu übermächtig, zu beunruhigend, zu verwirrend ist.

Der Kindermord wird in der Erinnerung/im Traum gesäubert zur Fesselung Isaaks auf dem Stein; die Erinnerung an den Kindermord wird zum Zerschmettern der Gesetzestafeln durch Moses.

Der zweite oder auch schönere Traum in der Geschichte Noahs ist der Turmbau zu Babel.

Wenn sich Menschen, so lehrt uns diese Geschichte, zu großen Gruppen verbünden, bewirken sie unweigerlich Unheil; sie sind dann offen für innere und äußere Einflüsterungen, die sie zum Götzendienst verführen, das heißt zur Selbstanbetung. Sie gelangen durch rationales Denken oder Intuition zu der Überzeugung, wenn schon ein Mensch mächtig ist, so muß die Gruppe in geometrischer Reihe noch viel mächtiger sein an Kraft (sprich Waffengewalt), Vernunft und Intelligenz – wenn die Gruppe nur groß genug ist, dann ist nichts mehr unmöglich. Wir erkennen diesen Irrtum, diesen Denkfehler am Turmbau zu Babel und an seiner neuesten Fassung, dem Information Superhighway, und, wenn wir schon mal dabei sind, an der ganzen Menschheitsgeschichte zwischen diesen beiden Polen. Bandenbildung, denn das ist der Zusammenschluß zu großen Gruppen, führt zu Götzendienst, Irrsinn und Zerstörung. *Manifest Destiny*, die Monroe-Doktrin, die Tongking Golf Resolution [1964 unter Johnson herbeigeführter Kongreßbeschluß zur systematischen Bombardierung Vietnams], der Ausschuß über antiamerikanische Umtriebe – in all diesen können wir aus der Distanz genau den durch Solidarität erzeugten Überschwang erkennen und darin ein diagnostisches Werkzeug zur Analyse der Arroganz und der Grausamkeit, zu der sie am Ende unweigerlich führt. America First, Horst-Wessel-Lied, Desert Storm – das von keinerlei Selbstzweifeln berührte, passionierte gemeinschaftliche Handeln bietet uns die Möglichkeit, unser Gewissen und uns selbst in einem Größeren aufgehen zu lassen, die Bürde der Ungewißheit abzuwerfen, das Mehrdeutige und Schwierige auszublenden. Wir können dieses Glücksgefühl des Eintauchens in ein größeres Ganzes als »Heil-Machung« bezeichnen, und so nennen wir es auch, aber die Thora sagt uns, wir sollten wissen, daß »heil gemacht zu werden« durch das Gefühl unserer eigenen Macht kein heilsamer Zustand ist, es ist vielmehr Götzendienst und führt direkt ins Verderben.

Unser amerikanisches Staunen darüber, daß wir 1945 die Welt gerettet haben, unser Bemühen, dieses wunderbare Gefühl andauern zu lassen, führte zum

Koreakrieg, zum Vietnamkrieg, zur Operation Wüstensturm und letzten Endes zu einem vom Establishment des militärisch-industriellen Komplexes erniedrigten und ausgelaugten Land; und zur Notwendigkeit, ständig einen Bösen Unterdrücker als Feindbild präsentieren zu müssen.

»Schließt euch nicht zu großen Gruppen zusammen, ihr werdet nur Böses tun.« Das ist der *manifeste* Trauminhalt. Er ist klar, er ist logisch, er erzählt in Wirklichkeit ganz direkt eine unverhüllte moralische Geschichte: »Handeln Sie in Situation A nicht so wie diese Personen, sonst kommt es, wie Sie sehen, zu einem unglücklichen Ende.«

Das ist der Turmbau zu Babel, aber die Turmbaugeschichte ist die manifeste, die verdrehte, die verrätselte/gereinigte Fassung eines früheren, eben *latenten* Trauminhalts, den sie mittels der Wiederholung zu beherrschen sich bemüht. Und der latente Trauminhalt ist keine Geschichte, die zur Vorsicht mahnt; sie ist die reinste, unverblümte *Horror*geschichte.

»Ihr habt gesündigt, und mich reut es, auf der Erde den Menschen gemacht zu haben, und ich will ihn vom Erdboden vertilgen. Und das Wasser war auf der Erde gewaltig angeschwollen und bedeckte alle hohen Berge, die es unter dem Himmel gibt, und alles, was HaShem, der ›Name‹, geschaffen hatte, wurde vom Erdboden vertilgt.«

Das Wasser war übrigens fünfzehn Ellen über die Berge hinaus angeschwollen, und »alles, was auf der Erde durch die Nase Lebensgeist atmete, kam um«.

Im Primärtraum, dem latenten Trauminhalt, der Flut, hat HaShem gesehen, daß die Schlechtigkeit des Menschen sehr groß und daß alles Sinnen und Trachten seines Herzens immer nur böse war. *Rak rah col ha'yom.* Bereuen hatte keinen Zweck; alle werden vernichtet, da alle böse sind.

Noah allein fand, wie wir hören, Gnade vor den Augen des Herrn.

Aber Freud sagt, so wie der manifeste Trauminhalt den latenten verbirgt, so ist im latenten Trauminhalt ein Urtrauma aus der Kindheit verborgen. Und wir könnten darauf hinweisen, daß die Wasserstandsmeldung, fünfzehn Ellen über die Berge hinaus, der Schlüssel dazu ist, daß wir es bei der Flut mit einer *weiteren* verdrängten Erinnerung zu tun haben, daß das Wasser nicht nur so hoch steigt, um alles Leben zu vernichten, sondern auch so hoch, um jedem Versuch eines Rückblicks den Boden unter den Füßen zu entziehen. Das Festland (das alte Leben) kann nicht einmal mehr erkannt, in die Erinnerung zurückgerufen werden.

Warum?

Ich glaube, die Geschichte handelt vom Wunsch zu töten, sie ist ein Traum von der Vernichtung der Welt. »Alle Wesen aus Fleisch verendeten in der Flut« – dahinter verbirgt sich die Wut, der Zorn, die Raserei des primitiv-kindlichen Gedankens: Ich will die Welt vernichten. Ich bin in Wut versetzt worden und will nicht nur jene umbringen, die meine Wut erregen, sondern *alle.* Mein Zorn (so die Überlegung des kindlichen Bewußtseins) ist so allmächtig, wie *ich* allmächtig bin. Ich brauche keinen Vorwand; ich selbst bin der Anlaß. Was könnte besser sein als Mord?

»Als sich die Menschen über die Erde hin zu vermehren begannen und ihnen Töchter geboren wurden, sahen die Gottessöhne, wie schön die Menschentöchter waren, und sie nahmen sich von ihnen

Frauen, wie es ihnen gefiel, und in jenen Tagen gab es auf Erden noch Riesen.«

Wer waren diese Riesen? Die Eltern. Warum ist der Verfasser so fassungslos wütend? Er – auch wenn's eine sie war – will der alleinige Gegenstand der Aufmerksamkeit der Riesen sein und kann doch nicht mit dem Reiz der reifen Sexualität konkurrieren, und deshalb wünscht er sich, daß die Erde vernichtet werde.

Also ist der doppelt verschlüsselte Wunschtraum in der Noah-Geschichte die Erinnerung an das Verlangen, einen Mord zu leugnen/zu vergessen. Und damit haben wir wieder einmal den psychischen Hexenkessel des Zweitgeborenen, der seinen Haß auf den älteren Bruder (und vielleicht seine Schuldgefühle, das rituelle Opfer überlebt zu haben) umdreht, diese Schuldgefühle auf seinen Bruder projiziert und sie als Wunsch seines älteren Bruders, ihn, den jüngeren, umzubringen, interpretiert. Was muß das Kind fühlen, was muß ein Volk fühlen, das in einer Kultur aufgewachsen ist, in der die Praxis des Kindermords ausgeübt wurde? Der ungeformte Geist sah dort seine wildesten und am meisten geliebten Phantasien ausagiert und bestätigt und widmete sich selbst der Schaffung eines Idols, das solche Handlungen erfordern und bekräftigen und somit das Individuum von Schuldgefühlen befreien würde, zum Beispiel Baal, den gottlosen Kommunismus, den Frieden in unserer Zeit, den *American Way*, die Revolution ...

Daß man nicht alles haben kann, was man haben will – Weltherrschaft, Unfehlbarkeit, grenzenlosen Reichtum –, daß man nicht haben *sollte*, was man haben will, daß Götzendienst ein destruktiver infantiler Zustand ist und daß die instinktive Neigung, diesen Zustand zu erreichen, im Keim erstickt werden muß – das ist die Botschaft Noahs. Die Botschaft der Thora ist, daß, selbst wenn wir unsere niedere Natur bezwingen, am Anfang und dann immer wieder, sich diese immer von neuem durchsetzt, weil genau das eben menschlich ist. Die reinen und unreinen Tiere werden die Arche bevölkern, am Ende der genealogischen Listen werden Noahs Söhne und Nachkommen mit dem Turmbau zu Babel beginnen, und wenn auch die Welt versinkt und das Wasser fünfzehn Ellen über den Bergen steht, gibt uns die Thora fortwährend und immer wieder zu verstehen, daß unter der Geschichte eine andere Geschichte liegt, die gerade wegen ihrer Verschlüsselung von uns hellwach gelesen werden muß.

Das Kind des Feuerwehrmannes

Wir suchen das, dem wir uns versklaven, von dem wir uns abhängig machen können: Wir mögen eine Maschine wählen (den Computer); wir mögen einen Menschen wählen (einen Diktator) oder einen angeblich idealen menschlichen Apparat (ein Rechtssystem, eine fundamentalistische Religion oder eine bestimmte Organisation), die wir dann göttlich nennen und für gegen jeden Irrtum absolut gefeit halten. Unsere Unterwerfung unter diesen Menschen, diese Organisation oder diese Idee, nennen wir – auch wenn sie sich als schmerzhaft, destruktiv oder absurd erweisen sollte – die höchste Vernunft.

Wir wissen, daß jeder einzelne Gesetzgeber, sprich Abgeordnete, scheinheilig sein muß und höchstwahrscheinlich auf korrupte, kriminelle oder fragwürdige Weise handeln wird (wie jeder andere Bürger auch), aber wir meinen doch, daß massierte Zusammenballung (im Parlament) den Gesetzgeber gewissermaßen bessert – nein, säubert, nein, reinigt/veredelt –, wodurch die gesetzgebende Körperschaft zu einer Gruppe von Halbgöttern wird, die Redlichkeit, Urteilskraft, Scharfblick und Anstand besitzt.

Ein Feuerwehrmann und seine Frau adoptierten einen Jungen.

Sie hatten sich vertraglich mit der leiblichen Mutter geeinigt, die als Ledige das Kind nicht aufziehen konnte oder wollte.

Der Junge wuchs von Geburt an bei der Adoptivfamilie auf.

Als er vier Jahre alt wurde, tauchte ein Mann auf, der behauptete – was auch bewiesen wurde –, der biologische Vater des Jungen zu sein. Er war der Liebhaber der leiblichen Mutter gewesen. Die beiden hatten sich getrennt, ohne daß der Mann etwas von der Schwangerschaft wußte. Als er, fast fünf Jahre später, von der Existenz des Kindes erfuhr, klagte er auf Übertragung des Sorgerechts, und das Gericht sprach es ihm zu.

Der Junge wurde auf Anordnung des Gerichts einem liebevollen, sicheren Zuhause, dem einzigen Zuhause, das er je gekannt hatte, und den ihn liebenden Eltern und Geschwistern entrissen und der Obhut eines Mannes überantwortet, den er noch nie gesehen hatte.

Es gibt Fotos und Videobänder, die zeigen, wie das Kind schreiend aus dem Haus seiner Familie geholt wird, wie es sich an die einzige Mutter klammert, die es je kennen wird, und wie seine klammernden Finger gewaltsam gelöst werden.

Im Hintergrund sehen wir Deputies des Sheriffs, von denen einige ihr Gesicht in den Händen vergraben.

Vernunft, Gerechtigkeitssinn, menschliche Sorge um das Kindeswohl und das Empfinden der Gemeinde empörten sich gegen diese Gerichtsentscheidung. Deren Richtigkeit existierte allein im Kopf des Richters, der im Gesetz etwas anderes als Menschenwerk sah (nämlich etwas Vollkommenes); in einem schwierigen Fall suchte er seine Verwirrung oder Feigheit mit einem Festhalten an angeblichen Prinzipien jenes Apparates zu entschuldigen, die seine Handlungen ad absurdum führten.

Was hätte ich getan, wäre ich Teil jener Menschenmenge oder jener Nachbar gewesen, der mit Gewalt die Finger des Kindes von seiner Mutter löste?

Denn den Apparat gab es nicht –

»Halt« zu sagen hätte vom Nachbarn, von einem Hilfssheriff oder einem Zuschauer einen heroischen Akt verlangt. Denn in der Hitze des leidenschaftlichen Gefechts hätten sie sich nicht vorstellen können – so wenig wie ich jetzt in sicherer Distanz –, wie ein solcher Akt des Widerstands ein heiles, glückliches oder positives Ende hätte finden können. Und das ist der höchste Heroismus: etwas zu tun um der Sache selbst willen, weil es richtig ist, weil der Akteur weiß – nicht unter Berufung auf eine autorisierte Quelle, sondern ohne sich auf eine solche berufen zu müssen –, daß die Tat richtig ist.

Wie kann der Einzelne zwischen diesem Wissen, das zum Heroismus führt, und jenem Bewußtsein unterscheiden, das Zerstörung und Empörung bewirkt?

Vielleicht ist ja die wirklich heroische Tat ein Akt der Unterwerfung und nicht der Auflehnung; wie es im Fall des Jungen das Wesen der heroischen Tat gewesen wäre, sich auf seine Seite zu schlagen.

Mit einer solchen Absicht wäre die Komponente des *Widerstands gegen die herrschenden Kräfte* eher klein gewesen, da der wesentliche Akt eine Kapitulation bedeutet hätte, das Eingeständis der Machtlosigkeit angesichts eines menschlichen Irrtums. Und damit das Bekenntnis zur Demut vor Gott.

Im Fall O. J. Simpson sehen wir eine mit Beifall bedachte *Unterwerfung unter den Willen des Staates*, bei der die mit dem Urteil Unzufriedenen ihre Verwirrung oder Enttäuschung mit folgenden Worten wegzuerklären suchen: »Über allem steht der Staat. Und seine Gesetze sind gerecht. Wir als Einzelmenschen können das Recht erst erkennen, wenn es durch eine Art von Abstraktionsmaschine gelaufen ist.«

In diesem Fall wird das Sicherheitsgefühl des Einzelnen durch seine Fähigkeit bestimmt, das Absurde als das Wirken eines Verstandes zu erkennen, der größer ist als sein eigener; oder zumindest – wie im fraglichen Fall – die beklagenswerte Anwendung eines Prinzips, dessen Schutz von solcher Bedeutung ist, daß die momentane Anwendung von Grausamkeit in seinem Namen oder purer Unsinn nicht nur notwendig, sondern tatsächlich auch lobenswert ist.

Wie kann es unabhängiges Handeln ohne unabhängiges Denken geben? Wie kann es unabhängiges Denken, »Denken ohne Geländer«, angesichts der lautstarken Forderungen nach Konformität und Einmütig- und Einförmigkeit der Massenkultur geben?

Wenn wir das ganze System der Massenkommunikation zerstörten und alle Schulen auflösten, gäbe es dann im Ergebnis eine Zivilisation, die heidnischer, abergläubischer und analphabetischer wäre als die, in der wir leben?

Der Fall des Kindes des Feuerwehrmannes war ein Beispiel für die Barbarei – Kinderopfer als gutgeheißene Tat der Unwissenden angesichts des Unerkennbaren – deren Ende zu bezeichnen die Thora entstanden ist.

Arm, aber glücklich

»Wir waren arm, aber alle anderen waren es auch, und so haben wir gar nicht gewußt, daß wir arm waren.«

Wir hören diesen Satz und schreiben dem Sprecher eine glückliche Kindheit zu. Wir begreifen ihn so, daß der Sprecher glücklich war, weil er einer Gruppe angehörte.

Eric Hoffer hat geschrieben, daß in Ländern, in denen Freiheit herrscht, alle Menschen Gleichheit fordern; und das amerikanische soziale Leben ist in weiten Teilen ein Versuch, ein gemeinsames soziales und ethisches Milieu zu erzwingen.

Meinungsumfragen und Talk-Shows – beides Formen des institutionalisierten Klatsches – halten das eine Ende des Spektrums in Schach, an dessen anderem Ende wir die *militia*, die bewaffnete Bürgerwehrbewegung und Bombenanschläge, finden.

Denn Ungewißheit ist uns unerträglich. Die erste Frage, die ein Amerikaner einem Fremden stellt, mit dem er mehr als nur ein paar Minuten verbringt, lautet: »Was machen Sie beruflich?«

Das bedeutet: »Wie kann ich Sie verstehen, Sie *einordnen*, wie Ihren Wert bestimmen? Sind Sie Angehöriger meiner Gruppe?«

Hier kommt eine eher ungeheuerliche Frage. Sie wird dem amerikanischen Juden gestellt: »Sind Sie zuerst Jude oder zuerst Amerikaner?«

Was für eine Unverschämtheit. Mit welcher angemaßten Berechtigung wird diese Frage gestellt?

Als Befragter darauf sich auch nur einzulassen heißt, der Mehrheitskultur ein angebliches Recht oder Vorrecht einzuräumen: nicht nur, die Stellung des Befragten zu bestimmen, sondern auch allg. die Höherstellung des Fragers zu behaupten.

Auch nur daran zu denken, auf diese Frage zu antworten, ist so, als hielte man es für seine Pflicht, den Antisemitismus wegzuerklären – so, als ob das Vergewaltigungsopfer antwortete: »Na gut, ich muß mal überlegen, vielleicht weiß ich noch, wie kurz der Rock war, den ich an dem fraglichen Tag anhatte.«

Das arrogante Verhalten der Mehrheitskultur zu bekräftigen heißt, zum Rassenhaß beizutragen.

Die Sätze: »Ich bin zwar Jude, aber ich bin kein praktizierender Jude«, »In kultureller Hinsicht bin ich Jude, aber ich bin kein religiöser Jude«, »Meine Eltern waren Juden, aber ich bin kein Jude«, »Ich bin zwar Jude, aber mit dem Verhalten Israels bin ich nicht einverstanden«, et cetera – diese Sätze werden zwar als Erklärung der eigenen Autonomie geäußert, sind aber im Gegenteil ein Ritual der Unterwerfung unter die herrschende Leitkultur.

Es geht nicht darum, daß die obengenannten Positionen etwa illegitim wären, sondern darum, daß ihre weitgestreute Bekundung buchstäblich ungeheuerlich ist: Sie stellt den Sprecher außerhalb der Gruppe. Und wen geht das etwas an? Wie kann es überhaupt das Vorrecht der herrschenden Leitkultur sein, Auskunft über das Ausmaß und die Natur der Bindungen eines Menschen zu verlangen? Und warum sollte ein zufriedener Mensch einseitig von sich aus ebendiese gewähren?

Die Sätze »Ich bin zwar Jude, aber ...« et cetera bedeuten: »Verachten Sie mich nicht. Auch ich sehe ja etwas Unschönes in meiner Rasse, Kultur, Religion. Ich bin genau wie Sie.«

Aber es gibt nichts Unschönes an unseren Leuten oder unseren Gebräuchen, es gibt nur den verinnerlichten Selbsthaß.

Was verursacht Antisemitismus? Was verursacht Rassenhaß? Selbstverachtung ist die Ursache. Das verstörte Individuum oder die verstörte Kultur – der Unterdrücker –, sie können die Erkenntnis der eigenen Wertlosigkeit nicht ertragen und projizieren deshalb die verhaßten Eigenschaften auf eine Gruppe, die sich leicht als die oder das Andere identifizieren läßt. Der einzige notwendige Faktor dabei ist, daß die auserwählte Gruppe als machtlos gesehen werden muß.

Kann man die Wahrnehmungsmuster eines Intoleranten ändern? Nein. Denn genauer gesagt und wichtiger, Wahrnehmungen sind nicht die Ursache von Rassenhaß. Vielmehr und gerade die Kluft zwischen dem, was der Intolerante wahrnimmt, und der Realität der Situation verstärkt den Rassenhaß, denn je grausamer die Handlungen des Intoleranten werden, desto mehr wächst auch sein Wissen (das er zum ersten Mal richtig erkennt) von der eigenen Nichtswürdigkeit; und, ausgehend von diesem nun verstärkten Gefühl für das »Schlechte«, wird er grausamer und schreibt die Eskalation seines Verhaltens »Beweisen« für die Nichtswürdigkeit des Opfers zu. Zum Beispiel: Die Juden sind schlecht. Also unterdrücken wir sie. Sie wehren sich nicht. Die Juden sind *schwach* und schlecht.

Es bringt keinen Frieden, sich auf die Seite der Intoleranz zu schlagen. Der Gedanke »Ach, einfach nur ignorieren« setzt einen fortwährenden inneren Dialog in Gang: »Hätte ich kein Blatt vor den Mund nehmen sollen?« – »Welche Wirkung hätte ich mir davon erwarten können?« – »Es hätte doch sowieso nichts geändert.« – »Es war ja nur eine kleinere, vielleicht auch *unbeabsichtigte* Kränkung.« Das hört sich für mich nicht nach Frieden an.

Der einzige Friede – und meiner Meinung nach bieten uns Juden andere Minderheiten ausgezeichnete Vorbilder –, der einzige Friede, den man als Jude finden kann, besteht darin, sich als Angehöriger zu seinem Stamm zu bekennen und sich gegen dessen (des eigenen wie des anderen) Beleidigung zu verwahren, wie man auch die eigene Familie in Schutz nehmen würde.

Ich bin nicht der Meinung, daß man auf intolerante Fanatiker mit Zorn, Aggression oder der Absicht reagieren sollte, »eine Änderung zu bewirken« oder sie gar »zu beeinflussen«.

Auf die antisemitische Beleidigung sollte nicht um des intoleranten Fanatikers willen reagiert werden, sondern um des beleidigten Juden willen – man sollte seine Zugehörigkeit zu ihnen verkünden, so daß man sich daran freuen kann.

Brompton Cocktail*

Zweiter Weltkrieg: Eine Mixtur verschiedener Drogen, die zum Zwecke der Euthanasie verabreicht wird

Jafsie

Ein Mann aus Brooklyn, Typ ältliche Lehrerin, ließ Lindbergh wissen, er könne womöglich bei der Auffindung seines entführten Sohnes behilflich sein.

Der Mann, John F. Condon, gewann Lindberghs Ohr und sein Vertrauen und begleitete ihn sogar zu dem Treffpunkt, an dem das Lösegeld gegen das Kind ausgetauscht werden sollte.

Wer war dieser Kerl?

Er forderte alle Leute auf, ihn bei seinem Spitznamen zu nennen, Jafsie, ein Akronym aus seinen Initialen JFC.

Bruno Richard Hauptmann wurde verhaftet und wegen der Entführung und Ermordung des Lindbergh-Babys angeklagt.

---

* Schmerzmittel, hauptsächlich aus Morphium, Kokain und Alkohol, das am Londoner Brompton Hospital entwickelt wurde und vor allem Krebspatienten im Endstadium verabreicht wird. (der Übers.)

Die Klage gegen ihn war äußerst schwach begründet. In seinem Haus war etwas von dem Lösegeld gefunden worden.

Er erklärte, er sei gebeten worden, es aufzubewahren, und zwar von einem gewissen Isidore Fisch, einem ehemaligen Kollegen, der inzwischen gestorben war.

Und es fehlte nicht an Entlastungsmaterial. Hauptmann sagte aus, er habe zum Zeitpunkt der Entführung mit einem Bautrupp gearbeitet.

Auf der Baustelle gab es Arbeitskontrollisten. Die Seite für den fraglichen Tag war unleserlich gemacht worden.

Mit einer Leiter Marke Eigenbau hatte man sich Zugang zum Kinderzimmer des Lindbergh-Babys verschafft.

Das Holz der Leiter entsprach angeblich in Maserung, Porosität und verschiedenen anderen Einzelheiten dem Holz des Fußbodens in Hauptmanns Dachkammer – und zwar so genau, daß jeder Irrtum ausgeschlossen sei.

Hauptmann, ein gelernter Handwerker, wurde beim Prozeß die krumme, roh zusammengehauene Leiter gezeigt, und er wurde gefragt, ob er diese Leiter gebaut habe.

»Ich bin Zimmermann«, antwortete er.

Beim Prozeß identifizierten Lindbergh und Condon Hauptmanns Stimme als die des Entführers, den sie zwei Jahre zuvor hatten rufen hören: »He, da drüben.« Das war der Beweis, aufgrund dessen Hauptmann verurteilt wurde.

Er kam auf den elektrischen Stuhl, und noch auf dem Weg dorthin beteuerte er seine Unschuld.

Hauptmann war, wie es scheint, ein Mann, der zur falschen Zeit am falschen Ort war.

Aber wer und was war Condon?

Es liegt irgendwo zwischen möglich und höchstwahrscheinlich, daß er einer der Verschwörer war.

Wenn ich mich mit meiner Einbildungskraft in den Vorfall versetze, so ist der unüberhörbare, aber vergessene Alptraum, das so offensichtlich unterdrückte Element, das die Entführung durchzieht, die Frage: »Wer war Condon?« Die zu der grundlegenderen Frage führt, die vielleicht viel wichtiger ist, weil sie noch stärker unterdrückt wurde: »Warum war für die Beteiligten die Antwort auf diese Frage so unwichtig?«

Warum akzeptieren wir das Bösartige und das Absurde – Volksverhetzung, die Domino-Theorie, die Vorstellung von antiamerikanischen Umtrieben?

Warum sagen wir angesichts der Polarität von vernünftiger Beobachtung und ungeheuerlicher Bösartigkeit: »Naja, wahrscheinlich muß die Wahrheit irgendwo dazwischenliegen?«

Irgendwann bei einem Abendessen kam jemand auf den Kreuzzug gegen die Albigenser zu sprechen.

Daß Simon de Montfort seine Wallfahrt in Avignon unterbrochen hat und daß es ihm so gefiel, während seines Aufenthalts dort auch noch gleich die Juden der Stadt zu vernichten.

Bei diesem Dinner war eine Frau zugegen, die ich schon seit dreißig Jahren kannte, außerhalb der USA geboren, in Europa aufgewachsen, mehrsprachig und sehr kultiviert.

»Tja«, sagte sie im Hinblick auf die ermordeten Juden, »zu einem gewissen Maß haben sie es sich bestimmt auch selbst eingebrockt.«

»Wie das denn?« fragte ich.

»Sie haben eben ihren Reichtum protzend zur Schau gestellt«, antwortete sie.

Ich ließ mir von meiner Verwunderung nicht die Sprache verschlagen und wollte von der Dame wissen, wie denn die armen Juden von Avignon sich ihr Schicksal eingebrockt hätten, die reichen Nicht-Juden aber nicht.

Sie hüllte sich in Schweigen. Die Widerlegung ihrer so wahnwitzigen wie bösartigen Torheit führte nicht zu einsichtigem Verständnis, sondern zu einer Rage, die diese Dame nur in ihrem Vorurteil bestätigte.

Ich glaube, wir sind eine wilde, zubeißende Spezies, daß die Evolution uns zu Jägern gemacht hat und daß die uns von der Evolution zur Verfügung gestellten Werkzeuge – Intelligenz und die zupakkende Hand – sich (bei Jägern unweigerlich der Fall) mit einem glücklichen Händchen für Waffen verband und damit mit einer Nase und der *Notwendigkeit*, die Beute und die Feinde zu identifizieren, gegen die diese Waffen eingesetzt werden mußten.

Der Biber nagt an Bäumen, um das schmerzhafte Jucken seines Zahnfleischs zu lindern. Wenn er nicht knabbert, wird er verrückt.

Sind die Stämme gefallen, findet der Biber Verwendung für sie.

Wir vertrauen fröhlich unserer Vernunft, daß sie uns zur Wahrheit geleite (womit wir einen Zustand der Schuldlosigkeit meinen).

Die interessante Vorstellung, daß wir so ausgestattet sind, um die Wahrheit zu erkennen, ganz zu schweigen davon, sie auch zu gebrauchen, gibt uns die Freiheit, das nagende Gewissen außer Kraft zu setzen – denn unsere Vernunft führt uns nicht zur Rechtschaffenheit, sondern zum wirksamsten Gebrauch unserer Fähigkeit zu beherrschen.

Also widmen wir unsere Tage der Spekulation über und dem Spiel mit Maschinen, die nur eines können: uns auf dem laufenden halten. Wir nennen diesen unseren Zeitvertreib gesunden Menschenverstand, *common sense*.

Im letzten Stadium von Geizkragen-Demenz stapeln und lagern und verlagern oder ordnen wir erneut unseren Reichtum. Der Geizkragen nennt ihn bare Münze, wir nennen ihn Information; beides meint eine Welt, die völlig unserem Zugriff unterworfen ist.

Wie der Geizkragen schließen wir uns allein in unser Zimmer ein und nennen das dann Freude und Weisheit.

Nachdem wir zu unserer Befriedigung die natürliche Welt in ihr perverses Gegenteil verkehrt haben, sind wir ja vielleicht dazu bestimmt, unsere Fähigkeiten zu unterjochen, so daß wir betäubt, allein und sterbend dasitzen und auf den freundlichen alten Mann warten, den ersehnten Gast der Hoffnungslosen, in Erwartung des Todes. Jafsie war der Engel des Todes.

John Henry

Ich bin ein Kind der ersten Generation des Atomzeitalters.

Wir sind, jedenfalls ist uns das damals so vorgekommen, unter der sehr realen Drohung eines Atomkrieges aufgewachsen.

Das System von Luftschutzübungen und Sirenengeheul bestand seit dem Zweiten Weltkrieg, und unsere Eltern, die diesen Krieg gerade hinter sich hatten, waren eigentlich das falsche Publikum für unsere verdutzte Empörung über das, was für uns eine neue Realität war.

Moment mal, hab ich mir damals, weiß ich noch, gedacht, die Welt kann jederzeit untergehen – alles, was wir kennen, kann mit einem Knopfdruck in die Luft gejagt werden –, und trotzdem kannst du von Minute zu Minute weitermachen wie bisher, als wäre das alles nicht so? In meinem Alter und meinem Milieu hat uns eines verdutzt und verstört, wie nämlich die Generation meiner Eltern sich mit der Unvermeidbarkeit von Kriegen abgefunden hatte.

Nach meinem dreißigsten Lebensjahr habe ich viel Zeit und Kraft darauf verwandt, über die unmittelbare bevorstehende Vernichtung nachzudenken, dazu über die Bedeutung einer Spezies, die sich selbst in eine solche Ecke manövrieren konnte.

Meine Suche nach der Philosophie dahinter verleitete mich, wenn auch nur hypothetisch, den Gedanken zu akzeptieren, daß das, was nach einem Problem aussah, vielleicht die Lösung war.

Vielleicht, so meine Überlegung, war die atomare Vernichtung ein durch natürliche Evolution entstandener Mechanismus, ein vertracktes Problem aus der Welt zu schaffen. (In meinen eher hoffnungsvolleren Augenblicken hieß das Problem »Übervölkerung«, in meinen trostloseren »Genus *homo sapiens*«.)

Vielleicht, so mein Gedanke, setzt der globale Organismus so wie der menschliche Körper Strategien zur Bekämpfung der Krankheit ein, um wieder ein Gleichgewicht herzustellen; und diese Strategien sind, so wie im menschlichen Körper, manchmal wiederum an und für sich selbst destruktiv.

Vielleicht ist ja, so wie das Fieber entsteht, um die

Infektion zu bekämpfen und dieses Fieber dann tödlich ist, auch der Atomkrieg und so weiter.

Das war nun alles, teilweise zumindest, eine griffige Identifizierung der allgemeinen und weniger allgemeinen Ängste von Heranwachsenden und jüngeren Erwachsenen. Und Teil davon war das fortgesetzte Erstaunen über den Schrecken.

Mit der Zeit und der Gewöhnung legten sich natürlich meine Befürchtungen, wie es auch schon bei meinen Eltern der Fall gewesen war; und wie sie habe ich mit der Zeit manch eine Ungeheuerlichkeit, so sie nur lang genug vorhanden war, für vernünftig, zumindest für erklärbar gehalten. Oder zumindest doch für theoretisch erklärbar, wenn man nur in Besitz »aller Tatsachen« wäre.

Mit dem Schwinden der Bedrohung durch atomare Vernichtung (oder besser gesagt: mit dem Schwinden meiner Befürchtungen vor ebendieser), gewährte ich ihrer ausgeschmückten Form eine kleine Ruhepause – nämlich meiner Theorie des globalen Holocausts als Euthanasie.

In letzter Zeit aber habe ich diese Theorie wieder hervorgeholt.

John O'Hara hat seinem Roman *Appointment in Samarra*, 1934 / *Treffpunkt in Samara*, 1950, eine Legende vorangestellt. Ein Mann befand sich auf dem Markt von Basra; er sah eine alte Frau, sie war der Tod, und sie hob die Arme, um ihn zu ergreifen.

Er floh auf dem schnellsten Pferd nach Samarra.

Als er abstieg, stand dort die alte Frau, die der Tod war, und riß ihn an sich.

Der Mann fragte, warum sie ihn nicht schon am Morgen ergriffen habe, als sie vor ihm die Arme erhoben hatte. Sie erwiderte, sie habe die Arme erhoben, nicht, um ihn zu ergreifen, sondern vor Erstaunen. Sie sei erstaunt gewesen, ihn in Basra zu sehen, habe sie doch gewußt, daß sie mit ihm eine Verabredung in Samarra hatte.

Und so wie ich ein Kind der ersten Generation des Atomzeitalters war, war ich auch gleichermaßen eines der ersten Generation des Fernsehens.

Wie können wir uns, wenn wir nur einen kleinen Schritt Abstand nehmen, dieses destruktive Spielzeug erklären?

Wir sagen, es kann alles, leistet alles, ganz so wie der Drogensüchtige weiß, daß ein Leben ohne Drogen sinnlos ist.

Wir sind süchtig nach seinen flimmernden Zeilen und scheuen keinerlei Mühen, um unsere Sucht, unsere Abhängigkeit zu erklären. Wir nennen sie das Verlangen nach Unterhaltung, nach Information, nach Bildung, nach »Verbindung« (mit der großen, weiten Welt).

Wir stehen an einem kritischen Punkt, den wir vielleicht auch längst überschritten haben, nämlich jenem Augenblick, da der Fernseher-Computer zum Mittelpunkt unseres Lebens wird oder schon geworden ist – häuslicher Kamin, Buch, Schule, Supermarkt, Bühne, Zeichentisch, Arbeitsplatz, alles in einem.

Er wächst, wuchert und gedeiht im Dienste des Todes, denn er bietet immer raffiniertere und nutzlosere Formen und Variationen, die uns dazu verlocken sollen, ihn anzubeten.

Ich bin der Meinung, daß die wahre Bedeutung des so fröhlich die Runde machenden Begriffs »Information« im Grunde das Vergessen, das Verlöschen ist, daß das Fernsehen und nicht die Atombombe die Zivilisation vernichten wird, daß unser Schicksal, wie der Dichter geweissagt hat, nie der Knall, sondern immer das Gewimmer war und daß dieser lächerlich konträre Essay und seinesgleichen Bestandteil jenes Gewimmers sind.

Der Folksong »John Henry« feiert den Sieg eines Arbeiters über einen Dampfbohrer. John Henry ist der stärkste Mann am Berg. Er ist empört, als der Boss ihn durch eine Maschine ersetzen will. Er mißt seine Kräfte mit der Maschine, gewinnt den Kampf und stirbt.

Als Jugendlicher in den Hootenanny-Tagen habe ich mich über den Song gewundert. Ich fand es heuchlerisch, John Henrys Sieg zu feiern, denn ganz bestimmt konnte der *nächste* Mann den Dampfbohrer nicht schlagen: John Henry selbst konnte ihn über längere Zeit nicht schlagen, und kein Mensch würde es schaffen, die nächste Generation der Maschine zu bezwingen – also waren wir unehrlich, wenn wir seinen Sieg feierten.

Aber natürlich lag die Aussage des Songs nicht in der Tatsache, daß John Henry gewonnen hatte, sondern darin, daß er gestorben war – daß der einzige Mensch mit der Fähigkeit, die Maschine zu bezwingen, nicht mehr am Leben war. Der Song, allem Anschein nach ein Preislied auf den Widerstandskampf, ist meiner Meinung nach eher das Gegenteil und kündet von dessen Zwecklosigkeit – »Der Held ist bei seinen Bemühungen ums Leben gekommen; was meinen Sie, was *Sie* dann wohl tun könnten?«

Im Film *Independence Day* kommt ein gigantisches Raumschiff auf die Erde, um uns zu vernichten. Es schwebt über unseren Städten, in seiner Mitte öffnet sich ein seltsames kreisförmiges Loch, und aus dieser

Öffnung kommt der Todesstrahl oder was auch immer es ist.

Das Publikum bejubelt die reine Formsache des Sieges, den die Erdlinge am Ende davontragen (der Präsident trommelt eine Truppe tapferer Recken aus der ganzen Welt zusammen und führt sie, selbst am Steuer seines Flugzeuges, zum Sieg, bei dem das ausserirdische Flugschiff von innen lahmgelegt wird); dennoch glaube ich, die Popularität des Films beruht auf dem wohltuenden Bild des Raumschiffs.

Es hockt sich hin, sein Anus öffnet sich, und es scheißt auf unser Leben.

Das ist, glaube ich, eine praktische, und passende, Umkehrung der weniger akzeptablen Tiefenaussage des Films: Unser Leben, unsere Städte *sind* scheiße, so kaputt, daß sich daran nichts mehr ändern läßt, und wir würden jene Macht *begrüßen*, die alles vernichtete.

In diesem Film sind die Geschöpfe aus dem All, wie meistens in diesem Genre, in unsere Welt gekommen, weil sie ihre eigene Welt bis zum Gehtnichtmehr ausgebeutet haben. Sie haben ihr Nest zugrunde gerichtet und sind gekommen, uns aus unserem zu vertreiben.

Sie sind natürlich, wie alle Monster, Projektionen von uns selbst.

Denn *wir* haben unser eigenes Nest zugrunde gerichtet, und das Thema der Invasion aus der Fremde bietet Befriedigung, weil es ein Geständnis ist.

In unserem beschmutzten Nest suchen wir nach Trost, Ablenkung, Rechtfertigung, Betäubung, und das alles finden wir im Fernseher-Computer.

Dabei ist es ja nicht so, sagen wir, daß wir unter Drogen stehen, ungebildete Analphabeten sind, ohne Hoffnung, ohne Gemeinschaft, arbeitslos und willenlos; wir informieren uns schließlich – die Maschine befähigt uns, besser zu schreiben, besser zu zeichnen, besser zu kommunizieren, mit ihr können wir rechnen, kaufen, verkaufen, shoppen und flirten.

Nichts wird sie mehr aus der Welt schaffen.

Sie ist nicht nur Teil unserer Kultur, sie ist unsere Kultur.

Dabei geht es nicht darum, daß »die Maschine alles kann«, sondern darum, daß wir uns, wenn wir uns mit der Maschine abfinden, auch damit abfinden, daß die Grenzen ihrer praktischen Möglichkeiten auch die Grenzen alles dessen bezeichnen, »was wir möglicherweise gerne tun möchten«.

Sie verrät uns nicht, was Menschen *denken*, sie verrät uns, was Menschen der Maschine als das verraten, was sie denken – oder, genauer gesagt, was irgendein Mensch, der höchstwahrscheinlich seine eigenen Interessen im Sinn hat, uns verraten möchte, was Menschen der Maschine als das verraten, was sie denken.

Die Maschine verrät uns nichts über das Wesen der Welt, sie verrät uns das, was derjenige, der die Maschine programmiert, uns über das Wesen der Welt verraten möchte.

Ist es möglich, daß diese »Information« altruistisch zum Wohle der Allgemeinheit in die Maschine eingegeben werden könnte oder doch zumindest selbstlos und unparteiisch?

Das ist, wenn nicht überhaupt, so doch im Augenblick völlig unmöglich. Denn die Maschine ist das Fernsehen, und die Macht des Fernsehens, die Menschen ruhigzustellen, ist immer von jenen ausgenutzt worden – und wird es immer werden –, die die Herrschaft anstreben.

Diese Herrschaft verlagert sich vom kommerziellen auf den politischen Bereich, Politik und Wirtschaft sind im Begriff zu verschmelzen oder sind längst miteinander verschmolzen.

Die Literatur der Mitte des 20. Jahrhunderts stellte sich eine anthropomorphe Maschine vor, die uns gehorchen würde, also das tun, was wir ihr befehlen. Das Ding hieß Roboter, und wir haben darin ein unterhaltsames Zerrbild der Ziele und der Macht der Wissenschaft gesehen.

Aber jetzt haben wir die Jahrhundert-, die Jahrtausendwende hinter uns, und die Maschine, es gibt sie.

Sie ist unbeweglich und zwingt *uns* dazu, das zu tun, was sie uns sagt.

Es ist unvermeidlich, daß der Computer zum Instrument der Zensur und Versklavung wird. Als solches funktioniert er bereits im Dienste des Konsumankurbelung.

Es gibt nur einen zufälligen und, wie ich meine, auch nur momentanen Unterschied zwischen dem Ausmaß an Zensur jener Informationen, die für nebenächlich, randständig, nicht unterhaltsam, unkorrekt und so weiter gehalten werden, und der Zensur jener Meldungen und Dinge, von denen man meint, sie »erzeugten öffentliche Zwietracht«.

Ich kann mir kein Gerät vorstellen, das besser geeignet wäre, zur Verblödung und geistigen Verödung beizutragen, als den Computer.

Er ist, glaube ich, wie die Atombombe, eine aus einer natürlichen Entwicklung entstandene Maschine des Auslöschens, ein Zeichen wie der Turmbau zu Babel, daß die Zivilisation am Ende ist.

Warum schreiben Sie nicht mit einem Computer?

In den fünfziger Jahren hatten wir Kinder eine klare Vorstellung von Form und Funktion des Roboters. Er würde eine mehr oder weniger anthropomorphe Maschine sein, und sie würde uns die niedrigeren Arbeiten abnehmen, so daß wir mehr freie Zeit zum Denken hätten.

Die Wirklichkeit scheint eher das traurige Gegenteil zu sein, und wir finden uns wieder als Holzhacker und Wasserträger der Maschine.

Die Benutzung des Computers, der vollgestopft ist mit Formatvorlagen und Autokorrekturen in Grammatik und Rechtschreibung, macht uns praktisch zu Analphabeten, so wie die geistlose und unendliche Banalität des Fernsehens uns derart verblödet hat, daß wir unfähig sind, noch die einfachsten menschlichen Beziehungen zu erkennen, geschweige denn, sie zu begreifen.

Das Auto hat uns von unseren Nachbarn isoliert, so daß unsere kurzen Kontakte nicht mit denen stattfinden, deren Interessen, Sorgen oder Credos wir teilen, sondern mit Verkäufern, und so sind wir, kurz gesagt, zum Roboter geworden – programmiert von unserer Maschine, unsere Mußestunden von Reklame entzückt und entrückt zu verbringen, während unser

Urlaub uns in die verschiedensten Schlangen schickt und wir unser Arbeitsleben damit fristen, Knöpfe und Tasten zu drücken.

Die Frage »Warum schreiben Sie nicht mit einem Computer?« drückt keinen Wunsch nach Information aus, sondern ist eine politische Forderung. In Ton und Nachdruck verwandt mit der bohrenden Frage: »Warum haben Sie heute nicht geflaggt, an diesem 4. Juli?«

Sie ist, wie jede rhetorische Frage, im Grunde ein Angriff aus der Deckung heraus, eine Forderung, daß der Schriftsteller sich einem allgemein anerkannten Guten anschließen möge, und der Fragesteller handelt als ordentlich gewählter Vertreter der Autorität/Tyrannei.

Denn die Identifikation mit dem Roboter/der Maschine ist der Wunsch, in der Masse aufzugehen, sich noch die populärste Alltagsweisheit zu eigen zu machen und so die Ängste zu beruhigen und auszuschalten.

»Warum benutzen Sie keinen Computer?« ist der Form nach die Frage der Inquisition: »Warum finde ich in Ihrem Hause kein Schweinefleisch?«

Das Fehlen von Schweinefleisch, das Fehlen der amerikanischen Flagge, das Zögern oder die Nichtbereitschaft, sich vor dem Parlamentsausschuß für antiamerikanische Umtriebe zu rechtfertigen (»Warum sollten Sie zögern, hier auszusagen, wenn Sie nichts zu verbergen haben?«) sind *prima-facie*-Beweise für die Schuld des Angeklagten. Denn in einem faschistischen System ist das Verbrechen die Nichtbereitschaft, etwas Unsinniges gutzuheißen.

Der fehlende Anschluß an die Maschine, die fehlende Abhängigkeit von der Maschine – sie werden zunehmend als Affront gegen die formierte Gesellschaft, das politische Gemeinwesen verstanden. Das Land wird nicht von Männern und Frauen regiert, die über Prinzipien, gesunden Menschenverstand oder gar entschiedene, wenn auch am Selbstinteresse ausgerichtete Ansichten verfügen. Das Land wird von Streberlingen regiert, die das Recht zu handeln von den statistischen Daten herleiten, die die Maschine für sie ausspuckt.

Zum Beispiel der Vorschlag von Newt Gingrich, das Los der Unterprivilegierten ließe sich lindern, wenn man auf jedes Pult einer Ghetto-Schule einen Computer stellte.

Dieser Vorschlag hat für große Heiterkeit unter seinen Gegnern gesorgt.

Denn sie haben darin den unpassenden, ahnungslosen und unredlichen Versuch gesehen, die soziale Situation zu verbessern.

Aber vielleicht offenbart sein Plan ja ein tieferes, wenn auch unbewußtes Verständnis der Rolle der Maschine.

Was hat er von den Armen gewollt, und was hätte deren Nutzung des Computers ihm möglicherweise eingebracht? Es hätte die Armen dazu bringen können, die Klappe zu halten.

Fahrschule für Rennfahrer

Der wunde Punkt ist immer, wie es so schön heißt, daß es sich nicht mehr ändern läßt. Es ist halt so, wie wenn man an einem einsamen Strand mit einer Frau entdeckt wird, die weit weniger als halb so alt ist wie man selbst. »Aber«, könnten Sie zu erklären versuchen, »sie ist meine Nichte«, oder mit irgendeiner ähnlichen Ausrede aufwarten. Nach reiflicher Überlegung könnte es jedoch scheinen, daß nicht das Rendezvous der Schnitzer war, sondern das dürftige Alibi.

Und damit kommen wir auch gleich zum Unterrichtsraum in der Fahrschule; da waren wir nun, zwölf bessere Herren, die, einzeln und für sich genommen, Stabilität, Gediegenheit oder täuschende Ähnlichkeit mit der Gesundheit mittleren Alters personifiziert haben könnten. Insgesamt gesehen waren wir allerdings ein Haufen alter Knacker.

Wie bei dem Herrn mit seiner Nichte wurde das sonnenklar, als wir das Alibi aufsagten.

»Nennen Sie bitte Ihren Namen und sagen Sie, was Sie herführt«, sagte der Fahrlehrer.

»Soundso, und meine Frau/mein Sohn/Schwiegersohn/Partner hat mir diesen Kurs zu meinem vierzigsten/fünfzigsten/sechzigsten Geburtstag geschenkt«, antwortete ein jeder.

Du meine Güte.

Ein dreifaches Hoch deshalb auf die Fahrlehrer. Sie haben die wesentlichen Punkte des Autorennsports erklärt und immer wieder erklärt. Wir hatten mehrere Stunden theoretischen Unterricht, bei dem sie uns an der Wandtafel die Physik, die Geometrie und so weiter des Autos erklärten, aber bezeichnenderweise haben sie einen nicht abreißenden Vortrag schlimmster Vorwände für reine Rederei, die ich je im Leben gehört habe, klaglos über sich ergehen lassen.

Denn wir Möchtegerne, die wir in unserem autorennenfreien Leben bisher zumindest mäßig erfolgreich gewesen waren, waren es gewohnt zu »führen«, das heißt, schlechte Witze zu machen, um damit einem gemeinsamen Unterfangen auf die Sprünge zu helfen, so daß unsere Ahnungslosigkeit in allen Belangen dieses Unterfangens uns zu dem Glauben verführte, daß es zu seinem Erfolg nichts weiter bräuchte als die Einbringung unserer Persönlichkeit.

Doch dies war kein gemeinsames Unterfangen, und wir waren in diesem Raum auch weder Industriekapitäne (oder Angestellte) noch Ärzte, sondern kleine Lernende, Schüler, und wir waren nicht nur in ein früheres Stadium regrediert, sondern wir waren auch verängstigt. Ich zumindest.

Wir sollten diese ausgebufften kleinen Formel-Flitzer mit Höchstgeschwindigkeit und einer Fahrweise, die wir nicht gewohnt waren, über das Runde der Piste scheuchen, und was die Sache noch schlimmer machte – es goß wie verrückt.

Meine Theorie des aerodynamischen Gleichmuts besagt, daß man sich keine Sorgen zu machen braucht, ehe nicht die Stewardess in Panik gerät.

Hier bot diese Theorie keinerlei Hilfe, denn die

Fahrlehrer gerieten keineswegs in Panik, sondern waren anscheinend richtig begeistert, und das machte meine Angst noch schlimmer.

Aber jetzt möchte ich mich den Mechanismen des Unterrichtens zuwenden.

Ich hatte es einmal mit der Transzendentalen Meditation zu tun und dabei entdeckt, auch auf die Gefahr hin, das Geheimnis zu verraten, daß die (durchschlagend effektive) Methode des Lehrers aus Selbstsuggestion bestand. Da saß man in einem Raum und lauschte wohl mehrere Abende einem Burschen, der sich über den Nutzen und die Geschichte der Transzendentalen Meditation ausließ. Es fiel aber kein Wort über die Mechanismen oder die Methode, mit der man sich ebendiese aneignen konnte; der Kerl quatschte einfach immer weiter seinen üblichen Senf.

Am lang ersehnten Abend der Initiation traf man mit seinem Lehrer zusammen, machte ein bißchen bunten Firlefanz mit rituellen Gegenständen und fand sich dann wie durch Zauber in jenen bislang unbekannten Zustand versetzt, dessen geheimnisvolle Existenz einen überhaupt erst dazu verleitet hatte, sich diesem Kurs zu verschreiben.

In der Fahrschule nun war der Lehrplan folgendermaßen in Etappen oder Runden aufgeteilt: erst Kreide und Wandtafel zur Darstellung der Manöver, dann wird die Klasse in zwei Gruppen aufgeteilt. Die eine Gruppe steigt in die Wagen und versucht, die theoretischen Lehren in die Tat umzusetzen, die andere nimmt in zweckdienlicher Höhe auf der Innenfeldtribüne Platz und schaut den Triumphen und Fehlkalkulationen der ersten Gruppe zu. Dann werden die Gruppen ausgetauscht.

Das ist prima eingerichtet, denn beim Zuschauen

kann man sagen: »Mann, jetzt hab ich's kapiert«, und: »Mann, das kann *ich* aber besser.« Und wenn man selbst am Steuer sitzt, ist man gezwungen-beschämt-aufgefordert, etwas zu leisten und die eigene überbordende Arroganz zurückzuschrauben.

T. E. Lawrence war der Meinung, daß Männer in den Krieg ziehen, weil die Frauen zuschauen.

Ich weiß, er wußte ziemlich gut Bescheid über den Krieg, aber es ist allgemein bekannt, daß er nicht die geringste Ahnung von Frauen hatte, und ich glaube, wir müssen seine hübsche, aber falsche Erklärung entschuldigen. Männer ziehen in den Krieg, weil Männer ihnen zuschauen.

Und deshalb sind wir immer schneller über den Rundkurs gefahren.

Dabei geht es vor allem darum, die Angst zu überwinden. Ich glaube, das ist eine große Lehre – wie die große Lehre des Boxens: verletzt zu werden ist nicht das gleiche wie umgebracht zu werden.

Nach ein paar Runden auf der Strecke, um die Grundtechniken zu trainieren, wird einem klar, daß die Sache zumindest im Rahmen der Fahrschule kaum oder gar keine Gefahren birgt – am Rand der Strecke liegen hauptsächlich ebene Felder, und sollte man aus der Bahn geschleudert werden (wie es den meisten von uns einmal passiert), kann man umstandslos aus dem Feld wieder zurück auf die Strecke fahren.

Wir bekommen einfache, praktische Anweisungen: Bremsen Sie an diesem Leitkegel, biegen Sie am nächsten Kegel in die Kurve ein, blicken Sie immer dahin, wo Sie hinwollen.

(Diesen letzten Rat fand ich besonders nützlich. Unser Lehrer sagte, wir hätten doch schon alle gehört, daß man einen ins Schleudern geratenen Wagen stabilisiert, indem man ihn sozusagen »ins Schleudern steuert«; nur, nach reiflicher Überlegung sei dieser Rat für die Katz. Um einen ins Schleudern geratenen Wagen wieder unter Kontrolle zu bekommen, sagte er, müsse man nur dahin *schauen*, wo man hinfahren wolle. Die Hände, erklärte er, können nicht denken, sie tun nur das, was von ihnen verlangt wird. Die meisten Menschen berichteten nach einem Unfall, so seine Worte, sie hätten vor dem Zusammenstoß als letztes Objekt das gesehen, mit dem sie zusammengeprallt sind. Weil sie es angeschaut haben; die Hände haben den Wagen auf das Objekt zugesteuert.

Das ist für mich die wertvollste Lehre dieser Schule, stets vor Augen zu haben, wohin man den Wagen fahren will. Diese Lektion gefällt mir so gut, daß ich mir überlege, sie zu einem allgemeingültigen [oder doch grußkartenwürdigen] Grundsatz auszubauen.)

Vor meinem Besuch der Fahrschule hatte ich einige Tage zur Erholung in einem Kurhotel verbracht.

An den dortigen Wänden waren verschiedene Muntermacher zu lesen, Sprüche mit philosophischen Ambitionen.

Einer lautete: IM HAFEN IST EIN SCHIFF IN SICHERHEIT, ABER EIN SCHIFF IST NICHT NUR FÜR DEN HAFEN DA. Hat mir gefallen. Wenn auch nicht unmittelbar anwendbar, so doch zumindest knackig.

Bei den anderen sprachlichen Genüssen, die das Hotel bot, spielten im ersten zwei nicht mehr ganz taufrische Damen in Jogging-Anzügen die Hauptrolle. Auf dem Weg zum Essen folgte ich ihren Spuren, und eine der beiden sagte vertraulich: »Ich bin ganz vernarrt in meinen Berner Diener.« Da ich kein Feind intimer Offenbarungen bin, schloß ich etwas näher zu ihnen auf. Ihre Begleiterin nickte und rückte der ersten dichter auf den Pelz, um auf diese Aussage, wie ich hoffte, nun mit ihrem Bekenntnis der eigenen exotischen Inversion, Neigung oder Abartigkeit zu antworten. »Na ja«, sagte sie, »viele Leute mögen ja Bernhardiner, aber mein Golden Retriever ist mir immer noch lieber.«

Das zweite Erlebnis wurde mir beim Frühstück beschert. Man hatte mich zu einem Mann gesetzt, den ich aus meiner journalistischen Verantwortung heraus als »Glotzer« beschreiben muß. Er saß da und starrte auf den Tisch vor sich.

Er blickte auf, als ich mich setzte. *»I'm having conflicts«*, sagte er. Ich war gerührt, doch gleichzeitig verletzt, daß er ausgerechnet mir etwas anvertrauen wollte.

Da saß ein Mensch in Not, schick ihn nicht fort. Aber andererseits hatte ich meine Zeitung dabei und wollte wissen, was in der Welt vor sich ging.

Aber wie konnte ich es wagen, seinen einfachen Hilfeschrei in den Wind zu schlagen? Ich versuchte noch, mir zur Eröffnung des Gesprächs eine ebenso freundliche wie entschiedene Antwort zurechtzulegen, als die Kellnerin dem Mann eine Schale vorsetzte.

»Bitte, hier sind Ihre *cornflakes*«, sagte sie.

Das ist mein Lohn für ein Leben bei Boston.

Aber der Spruch über das Schiff im Hafen und mehrere begleitende Botschaften, die darin einstimmten, daß heute der erste Tag eines neuen und so weiter sei, schienen mir letztlich doch auf einem zu hohen Abstraktionsniveau angesiedelt, um von Nutzen zu sein, außer dem Leser einzureden: »Alles wird gut.«

Wenn man allerdings mit achtzig Meilen pro Stunde zu spät in eine Neunzig-Grad-Kurve einbiegt, ist nichts gut und scheint es auch im entferntesten nicht zu werden. Dann und dort braucht man schon einen hilfreicheren Grundsatz.

»Sehen Sie dahin, wo Sie hinwollen«, sagten die Fahrlehrer. Wenn man in eine rechtwinklige Kurve einbiegt, zeigt der Blick nach vorn nur so etwas wie das Ende der Straße; wenn man bis zum kritischen Punkt beschleunigt, den Kopf zum Scheitelpunkt wendet, sieht man, wohin man will, und kann den Wagen dorthin steuern.

Das ist nicht nur an sich ein guter »Rat«, er funktioniert auch tatsächlich. Und *weil* er funktioniert, beginnt man vorauszudenken: »Die Methode, ein Autorennen zu fahren, besteht darin, von der Kurve vor der längsten Geraden zurückzudenken.«

Zumindest in dieser Einführung in die Anfangsgründe des Autorennens läuft die Methode darauf hinaus, richtig in die Kurven zu gehen, und richtig in die Kurven zu gehen, so wird uns beigebracht, läuft auf die Formel hinaus: *Radius = Geschwindigkeit.*

Je größer der Radius, desto größer die Geschwindigkeit; je größer der Radius ist, den man ausfahren kann, desto größer ist deshalb die Geschwindigkeit, die man beibehalten kann. Aber (aha) die Höchstgeschwindigkeit, die sich durch den größten Radius in einer rechtwinkligen Kurve beibehalten läßt, ist weitaus geringer als die Gesamtgeschwindigkeit, wenn man die Kurve in zwei Teilen nimmt.

Erster Teil: so spät wie möglich auf der *Außenseite* (Einfahrt) der Kurve bremsen; mit stark gedrosselter Geschwindigkeit *eng* in die Kurve einbiegen (zum Scheitelpunkt).

Zweiter Teil: im zunehmenden Kurvenradius (mit zunehmendem Radius nimmt die Geschwindigkeit zu) in Richtung Ausfahrtspunkt beschleunigen (das heißt, das ist der Punkt, an dem man wieder (a) auf der Geraden angelangt ist, und/oder (b) den Einfahrtspunkt der nächsten Kurve ansteuert.

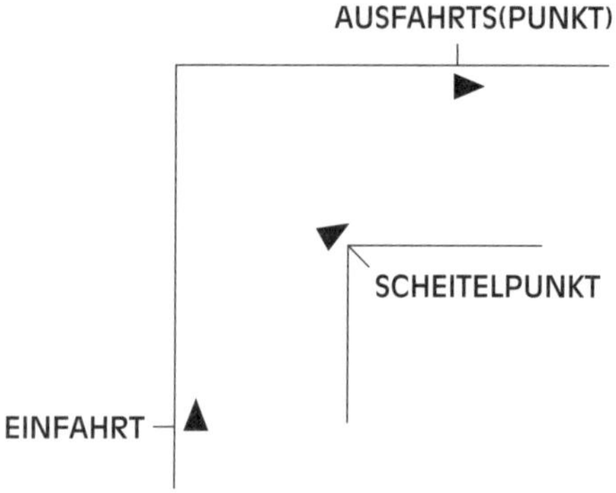

Das war für mich nun wirklich toll, weil es tatsächlich funktionierte.

Die Schwierigkeit wuchs in geometrischer Reihe mit dem zunehmenden Regen.

Fahren sollten wir, so unsere Lehrer, die »trockene Linie« (siehe Diagramm), das heißt, die Bahn, die man einhalten sollte, WENN ES NICHT REGNETE.

Jetzt aber bekamen wir gesagt, wir sollten die (genau) NASSE LINIE einhalten.

Die Linien unterschieden sich, weil jeweils mehr oder weniger Gummi, Öl und Dreck auf der Bahn zurückblieb.

Diese Schmiere verwandelte, wenn naß, jene Abschnitte, an denen am meisten Gummi auf der Fahrbahn blieb, in Glatteis. Welche Stellen hatten vor allen andern »das fröhliche Quietschen gehört«? Genau, die Anfangspunkte, der Scheitelpunkt und so weiter, die uns von den Lehrern eingebleut worden waren.

Also sind wir immer wieder die Runden gefahren, in den Wagen mit den Lehrern, die uns die nasse Linie zeigten, und wir machten uns viele Notizen, nickten wie die Wackeldackel im Rückfenster eines Chevys und versuchten, uns einen klaren Begriff von allem zu machen. Bis einer von uns das Wort ergriff und sagte: »Moment mal, wir brauchen ja nichts weiter zu tun, als immer links zu bleiben.«

Unser Fahrlehrer am Steuer verließ die Strecke, hielt an und sprach mit seinen Kollegen übers Nokia; sie kamen zu dem Schluß, den Lehrplan aufzufrischen. Da – bis auf eine einzige – alle Kurven der Rennstrecke Rechtskurven waren, lautete die Antwort in einer Einfachheit, an der Edison seine Freude gehabt hätte: einfach immer links bleiben.

Das machte es uns zwar leicht, die nasse Linie zu verstehen, doch unsere gemeinsam verbrachte Zeit machte es zur Hölle auf Erden, da der Geschäftsmann, der nun die Probleme einer weiteren fehlgeleiteten Operation gelöst hatte, sich für den Rest des Lehrgangs selbst zum Weisen, zum Kommentator und Hofnarren ernannte, und die Wendung »immer links bleiben« erklang mit all ihren Variationen in seinen Verlautbarungen häufiger als das Wort »Amerika« im Munde unserer Politiker.

Ich muß es den Fahrlehrern schon lassen. Diese Herren waren nicht nur Dozenten für die überaus Erfolgreichen und Gelangweilten, sondern im richtigen Leben auch Profi-Rennfahrer. Sie haben diesen Sport fraglos geliebt – so sehr geliebt, daß sie einen Haufen von (ich habe uns ja anfangs schon beschrieben) in dessen Anfangsgeheimnisse einweihten; und sie haben ihn so sehr geliebt, daß sie OHNE EINE ANDEUTUNG VON SCHLECHTER LAUNE ODER UNGEDULD ODER

HERABLASSUNG die langweiligsten Palaver erduldeten, die ich je zu Lande oder zur See gehört habe.

Gott segne sie.

Ich sehe in meinen Notizen *15 GR = (mph)²*, das heißt, fünfzehn mal den Grip/Radius = mph², und darunter die Aufzeichnung, *für diese Einführung brauchen wir bloß zu wissen, daß Radius = Geschwindigkeit ist.*

Und ich sehe meinen Zettel, auf den ich die Wandtafelzeichnung der Lehrer abgemalt habe – ein Auto mit einer Tasse Kaffee auf dem Armaturenbrett (die Lehrer veranschaulichten mit der Bewegung der Flüssigkeit in der Tasse die Trägheit und das Verhalten des Autos beim Bremsen und Beschleunigen – beim Beschleunigen schwappt einem der Kaffee zurück in den Schoß, weil die Hinterräder niedergedrückt werden; beim Bremsen schwappt der Kaffee nach vorn an die Windschutzscheibe, weil die Vorderräder niedergedrückt werden) und dazu die Notiz, daß man schwarzen Kaffee nehmen muß, ja keinen Cappuccino, da der Schaum die Ergebnisse verfälscht.

Also, wir haben unsere Runden gedreht, haben uns fotografieren lassen und einen Haufen verklemmter schlechter Witze nach Art des Mannes gemacht, der mit seiner Nichte erwischt worden ist. Und besser gefallen als das Kurhotel hat's mir allemal, da es hier um keinerlei tiefergehende persönliche oder gesellschaftliche Anwendung von irgendwelchen Sprüchen ging.

Es war einfach ein Haufen nicht mehr ganz taufrischer amerikanischer Jungs, die schnelles Fahren – noch einmal rasen – lernen wollten.

Domizil

Zum einen war da, wie mir scheint, Gregs Tisch, und zum andern noch das Haus des italienischen Schauspielers in Trastevere.

Gregs Tisch stand in seinem Haus auf dem nächsten Hügel gleich neben unserem oben in Vermont.

Er hatte ihn bei Annie gekauft, als die zur Abwechslung wieder mal in Antiquitäten machte. Ein vortrefflicher Tisch.

Er hatte einst als Zubereitungstisch in einem Landhandel bei St. Johnsbury gedient. Er maß sechs mal drei Fuß, stand fünfunddreißig Zoll hoch auf gedrechselten, ausgestellten Kiefernbeinen und verfügte über eine fünf Zoll dicke Fleischerplatte aus Ahorn.

Er stammte wahrscheinlich aus den zwanziger Jahren des zwanzigsten Jahrhunderts, und die mehr als siebzig Jahre seiner Nutzung waren ihm vortrefflich eingeschrieben.

Er war der Mittelpunkt von Gregs Küche. Wir haben dort so manchen Tag bei Daiquiris oder Kaffee gesessen und Klatsch gedroschen oder Pläne geschmiedet.

Als Greg nun verkündete, er werde das Haus verkaufen, ließen wir unseren Klagen und Protesten sogleich die Bitte folgen: »Verkauf uns den Tisch.«

Doch es hat nicht sollen sein. Ein nettes Ehepaar vom flachen Land war zu ihm hochgekommen, hatte Gregs wunderschöne Bürgerkriegs-Pelerine gesehen und den Ausblick auf die unzähligen Bergzüge bestaunt. Beim Preis waren die beiden störrisch geworden, aber der Tisch hatte sie ganz wuschig gemacht; eins führte zum anderen. Sie erhöhten ihr Angebot, aber der Tisch blieb, wo er war.

Kommen wir jetzt zu dem italienischen Schauspieler, der vor ein paar Jahren ein Drehbuch von mir gelesen und zu verstehen gegeben hatte, er sei nicht abgeneigt, von mir umworben zu werden.

Also bin ich nach Rom geflogen. Ich wurde zum Lunch bei ihm zu Hause eingeladen, und fand einen Mann so um die Sechzig vor, umgeben von seiner ihn liebenden Familie und den ihm treuen Gefolgsleuten – ein Bild, wie es vielleicht von einem der weniger fremdenfeindlichen Viktorianer stammen mochte.

Er wohnte in einem äußerst behaglichen Haus – ruhig und still –, und ich sehnte mich nach solch einem Frieden.

Die Reise nach Rom war sehr lehrreich. Einer der Gefolgsleute des Mannes hat mich über die Rolle ausgefragt, und ich fürchte, ich habe seine Anregungen so sehr auf die leichte Schulter genommen, daß ich (wie ich mir vorstelle) einen solch intriganten Groll bei ihm ausgelöst habe, wie man ihn nur bei einem der stärker fremdenfeindlichen Viktorianer finden könnte – jedenfalls sagte der Schauspieler ab (ein Glücksfall für mich, denn Don Ameche hat dann die Rolle gespielt). Ich habe Gregs Tisch nicht bekommen, und bevorstehender Nachwuchs schickte uns auf die Suche nach einem neuen Haus.

Wir haben vier Jahre gesucht, und ich glaube, ich habe über achtzig Häuser besichtigt.

Einkommenssteuernachforderungen hatten dazu geführt, daß plötzlich praktisch ein ganz bestimmter halber Vorort zum Verkauf stand, aber es gefiel uns dort nicht.

Ich erinnere mich an ein riesiges Klinkerding, das in jeder Hinsicht für unsere Bedürfnisse ungeeignet war.

Der Mensch von der Immobilienagentur schleppte uns trotzdem hin und zeigte uns die beiden Pools und viele/mehrere Flügel sowie weitere zum Kauf anreizende Punkte, bis ich vor lauter Heimweh nur noch eins wollte: nach Hause. Doch dann standen wir im Garten hinter dem Haus. Ein wunderschöner Rasen, der sich bis zu einem Bach erstreckte. Die ganze Anlage versetzte mich, glaube ich, in den Garten hinter dem Haus meiner Kindheit.

Es war einfach toll. Und da stand ich nun, gedankenversunken – das brennende Laub von damals in der Nase, die beißende Herbstkälte, die durch den Schal drang, der Geruch eines Herbstabends der Kindheit und so weiter, als ich ein Quietschen wie das einer Straßenbahn hörte, die quer durch den Rasen dort in der Senke fuhr, die ich für einen Bach gehalten hatte, und ihren Weg weiter in die Stadt fortsetzte.

»Entschuldigen Sie«, sagte ich. »Was war das denn?«

»Das war die Straßenbahn«, sagte der Mensch von der Immobilienagentur.

»Die Straßenbahn fährt quer durch den Garten?« fragte ich.

»Ja.«

Ich mußte erst mal Luft holen.

»Schreckt das denn nicht die Käufer ab?« fragte ich.

»Aber nein«, sagte sie, »von so etwas lassen sich doch nur die Neureichen stören.«

Aha.

Ich liebe Immobilienmakler/innen. Als junger Mensch habe ich selbst mal in der Branche gearbeitet, und die ganze Sache hat mich an den Trick von Lawrence von Arabien/Gordon Liddy erinnert, die Hand in die Flamme zu halten. Die Version der Makler lautet: »Natürlich ist es falsch; der Trick besteht darin, sich nichts daraus zu machen, daß es falsch ist.«

Ich glaube, mir ist nie ein Landhaus angeboten und gezeigt worden, das nicht an ein Wildgehege grenzte, und auch kein Haus in der Stadt, das nicht gerade von einem Architekten aufgemöbelt worden war.

Der Straßenbahnkommentar war das Non plus ultra und wurde unser Lieblingsspruch in Sachen Immobilienmakelei. Aber wir waren auch ganz bezaubert von wiederkehrenden Formulierungen in der Art von: »Es ist zu groß« – »Vernageln wir einfach den dritten Stock«, und: »Das ist nicht die Gegend, die wir suchen« – »Du bist doch nur abends hier«.

Ich bin auf der Stelle in der Lage, mich mürrisch zu geben und einen ebensolchen Eindruck zu erwekken – wobei meine Schauspielkunst dabei auf ihr wahres Maß zurückgeschraubt wird durch den Umstand, daß ich in solchen Momenten vor Wut koche.

Was kann es einem Menschen meines künstlerischen Temperaments antun, wenn er herausgerissen wird aus einem – wie es scheint – Nickerchen, das aber in Wirklichkeit der Zustand der höchsten Konzentration aufs Verfassen bedeutender Prosa ist, wenn er also, ich sage es noch einmal, herausgerissen und verleitet wird, ein Haus zu besichtigen, das in allen Einzelheiten für die Bedürfnisse seiner Familie ungeeignet ist und seiner ausdrücklichen Wunschliste an die Immobilienagentur widerspricht, Gebrummel, Gebrummel? Wenn er durch solch einen unmöglichen, überteuerten, in schlechter Gegend gelegenen und häßlichen Klotz von Gebäude gezerrt wird, um schließlich als tiefste Schmach gesagt zu bekommen: »Sie müssen sich aber schnell entscheiden. Es liegen schon mehrere Gebote vor.«

Klar, natürlich liegen schon mehrere Gebote vor. Der Satz steht mit »Das habe ich noch nie getan« und »Ja, aber ich habe nie inhaliert« ganz an der Spitze der Guinnessliste der Pointen.

Wer's glaubt, wird selig, mußte ich jedesmal denken, wenn ich den Satz hörte. Ich weiß, ich mache mich lächerlich. Ich bin der alte Mann mit einer neuen Liebe. In diesem Falle gilt die Liebe noch nicht einmal einem Haus, sondern der *Vorstellung* von einem neuen Haus. Ich bin ein Trottel.

Wir sind immer wieder rein- und rausmarschiert, wobei wir noch die letzte Kleinigkeit über die menschliche Natur erfahren haben, und sagten – was andere bestimmt auch über uns sagen würden: »Nicht zu fassen, daß Menschen tatsächlich *so* leben.«

Aber *eines Tages dann* (was natürlich der Anfang des zweiten Aktes ist – der erste Akt beginnt mit: *Es war einmal*, und der dritte mit: *Eines hatten sie allerdings vergessen*).

Also, wir finden im zweiten Akt das Haus. Und, wie meine Mutter immer sagte, *wir haben es gleich gewußt*.

Nun, Jackie Mason sagt uns, daß das christliche Haus etwas von einer Tischlerei hat – »Sehen Sie den Bücherschrank? Den habe ich selbst gebaut« –, wohingegen das jüdische Haus eine Laderampe ist: »Gefällt Ihnen der Bücherschrank? Der taugt nichts. Der kommt raus. In zwei Wochen ist der neue Schrank da.« Ja, eben, genauso bin ich.

Deshalb stimmte mit unserem Traumhaus anscheinend nur eines nicht – und zwar alles. Meine gute Freundin J. in New York hat das schönste Haus, das ich je gesehen habe. Und sie hat es verdient, denn sie ist einer der schönsten und elegantesten Menschen der Welt. Eine Stadtvilla vom Anfang des neunzehnten Jahrhunderts, es ist ein wahres Schmuckkästchen, und ihr Architekt wurde auch unserer, und als nach dem zweiten Akt der dritte Akt kam, mußte ich mich bei ihr ausjammern.

»Du darfst es nicht wie ein Haus behandeln«, sagte sie. »Tu so, als wär's ein Gigolo, der verwöhnt werden will.«

Genialer Rat. Deshalb mußte das Haus eben einfach alles bekommen, ohne Diskussion, und so kam es auch. Nichts war zu gut für das verdammte Haus.

Joseph Campbell sagt uns, daß die Heldenreise mit frohem Mut, Hoffnung, Entschlossenheit und Freude beginnt, die aber bald in Abscheu und Ekel umschlagen.

Hier nun eine Sache, die mir aufgefallen ist: In einer Beziehung, die schwierig und feindlich werden kann, verraten sich viele Menschen bereits in der ersten Begegnung. Das heißt, wenn man genau zuhört, verkünden sie die Methode, mit der, und das Ausmaß, in welchem sie ihre Herrschaft ausüben wollen.

Warum aber sollten sie das tun? Sie (und vielleicht Sie und ich auch) tun es, weil sie wissen, wenn der Zuhörer bei der Ankündigung nicht zurückschreckt, wird er die annoncierte Behandlung wahrscheinlich fügsam über sich ergehen lassen.

Mir hat ein Produzent einmal bei unserer ersten

Begegnung gesagt: »Klar, ich habe Soundso warten lassen, und dann habe ich es so eingerichtet, daß eine Masseuse mich gerade von oben bis unten bearbeitete, als er hereinkam.« Hmh.

Ich hatte einen Dachdecker kommen lassen und um einen Kostenanschlag für ein Schieferdach gebeten.

»Was für eine Garantie können Sie mir geben?« fragte ich.

»Ihre Einfahrt«, sagte er.

»Meine Einfahrt? Was soll das denn heißen?«

»Das heißt, wenn ich aus Ihrer Einfahrt verschwunden bin, bevor das Dach einstürzt, stehen Sie im Regen«, sagte er und lachte über seinen gelungenen Witz.

Als wir den Architekten verpflichteten, schickte er uns ein Video. Es war der heitere Klassiker *Mr. Blandings baut sein Traumhaus* (*Nur meiner Frau zuliebe*) von 1948 mit Cary Grant, Myrna Loy und Melvyn Douglas. So ging es mit Umbau und Rekonstruktion voran. Und ich erinnerte mich der Rhine-Experimente im Bereich der außersinnlichen Wahrnehmung ESP.

Professor Rhine ließ den Probanden das Bild auf einer Karte erraten, die ein Assistent außer Sichtweite hochhielt. Er erklärte, er habe nur folgenden möglichen Hinweis auf ESP gefunden: Bei einer kleinen Anzahl von Fällen habe der Proband statistisch unwahrscheinlich oft *falsch* geraten.

Und ich habe den Architekten gefragt: »Wie kommt es, daß jedesmal, wenn die Kosten vom Kostenvoranschlag abweichen, der Preis *gestiegen* ist?«

Er seufzte und sah mich mit einem Blick an, aus dem entweder Weisheit oder unsägliches Mitleid sprach, und das Haus ist schön, das Ergebnis der Arbeit ist vorzüglich, der Bauunternehmer (G. F.

Rhodes Construction Boston) hat alles im veranschlagten Zeit- und Kostenrahmen und mit außerordentlicher Sorgfalt fertiggestellt, et voilà.

Wir haben unserer Innenarchitektin gesagt, wir hätten's gern mit klassischem Kunsthandwerk à la *Arts-and-Crafts*, und sie hat uns immer wieder Entwürfe vorgelegt, die doch sehr britisch aussahen, bis wir uns endlich daran erinnerten/uns wieder einfiel, daß *Arts-and-Crafts* da, wo es herkommt, für William Morris und Sanderson-Chintz steht, während es auf der amerikanischen Seite in der Nachfolge von Elber Hubbards Roycroft Press nur die Roycrofter-Möbel etc., gehämmertes Kupfer und dergleichen Mist bedeutet; und wenn Sie wollen, können Sie das ebenjenen Gesprächsthemen zuordnen, die gewöhnlich aus Diskursen bestehen wie: »Die da drüben sagen *pram* zum Kinderwagen, der hier bei uns *baby carriage* heißt; wir nennen ein Kinderbett *crib*, und die sagen *cot*«, eben Probleme, die uns in den USA seit Kindertagen auf den Nägeln brennen.

Ich war auf der Suche nach einem Haus mit einem Grueby-Kamin, und die Gegend bot mir, nach Gründungszeit und Lage, mehr nur als eine Phantasie. Der Bezirk ist von 1870 bis 1920 bebaut worden (unser Haus ist Jahrgang 1915), und die Grueby Faience Company hat, nur wenige Meilen entfernt, seit ungefähr 1890 Kacheln hergestellt, die schönsten Kacheln, die je gemacht wurden.

Ich hatte mir geschworen, wenn ich in ein Haus komme und sehe einen Grueby-Kamin plus Sims – ein Schatz, den die Verkäufer selbstverständlich nicht erkannt haben –, werde ich den ganzen Brassel auf der Stelle einsacken. Den Kamin habe ich nicht gefunden, aber im tiefsten Vermont bin ich auf den

Greg-Tisch gestoßen. Gerüchte waren an mein Ohr gedrungen, ein solcher befinde sich im Haus von George an der Route 2.

Ich fuhr hin, George war zu Hause, und da stand exakt genau der Zubereitungstisch für die Küche, und zwar draußen im Schuppen. Er stammte ursprünglich aus Jones's Landhandel in East Montpelier, und George hatte ihn in den Fünfzigern gekauft. Der Tisch diente George sozusagen als Werkbank, zum Laden seiner Waffen. Ich habe rumgedruckst und mich, ja und aber, spröde gestellt, und George blieb völlig unververbindlich; ich bin mehrmals wieder hingefahren, als ob ich allen Mut zusammenklauben müßte, ihn um ein erstes Rendezvous zu bitten, bis meine Berater endlich sagten: »Herrje, Mensch, jetzt gehst du mit einem Scheck zu ihm und fragst ihn, ob er dir nicht helfen will, das Ding auf deinen Truck zu verfrachten.« Genau das habe ich getan, und jetzt steht der Tisch in unserer neuen Küche.

Frage: Machen uns *Dinge* glücklich?

Antwort: Ich weiß es nicht.

Ich würde ebensogern glauben und nicht glauben, daß es so ist.

Ich weiß, es gibt das starke Verlangen, etwas zu erwerben, und das starke Verlangen, alles loszuwerden, und es gibt den Frieden (oder das Fehlen des Verlangens), der bestärkt oder gar erst hervorgerufen werden kann durch Klarheit, Proportion und Anmut des Designs, des Dekors und der Konstruktion.

Oder, um es auf amerikanische Weise zu sagen, es ist wirklich schön in einem wirklich schönen Haus zu wohnen und zu leben, was nicht gerade was Neues ist, aber so lautet nun mal mein erfreulicher Bericht.

Der 24. Dezember

Ich bin im Umkleideraum eines Sportstudios.

Einer der Männer sagt, als er herkam, war der Laden noch völlig leer, doch nun gebe es hier ein *minjan* (die Mindestzahl von zehn Männern, die nötig ist für ein jüdisches Gebet).

Ich sage: »Ein logischer Ort für ein *minjan* am christlichen Heiligabend.«

Der Mann beginnt eine Unterhaltung mit einem Freund. Er erwähnt dabei, daß er das Stück *Das Tagebuch der Anne Frank* gesehen habe und scherzt: »Nix zu lachen. Und ich hatte gedacht, es sei eine Komödie.«

Ich scherze: »Für Christen ist es eine Komödie.«

Die Männer lachen.

Beim Hinausgehen fällt mir ein, daß mein Kommentar über seinen milden Witz hinaus vielleicht ins Schwarze trifft.

Die Komödie und romantisierende Genres enden mit der Wiederherstellung der rechten Ordnung durch Eingreifen von außen, durch einen *deus ex machina*.

In der ersten Dramatisierung des Tagebuchs (1955) wird die rechte Ordnung wiederhergestellt, als Anne verkündet, sie glaube immer noch an das Gute im

Menschen. Das heißt mit einem altehrwürdigen Satz: »Und als sie dann aufgewacht ist, war alles nur ein Traum.«

In der neuen Dramatisierung wird die rechte Ordnung wiederhergestellt, indem die Juden, die Ursache der ganzen Aufregung, abtransportiert, in den Tod geschickt werden.

Ist das Stück eine Tragödie? Nein. Denn keine der Prüfungen, denen sich die Figuren zu unterziehen haben, wird durch ihr eigenes Handeln hervorgerufen. Ist es ein Drama? Nein, denn es handelt von banalen Alltäglichkeiten, und deshalb paßt das Ende – Folter und Vernichtung – weder zum Ton noch zur Problematik, und schon gar nicht zur »Situation« des Stückes als Ganzes.

Die Form, in der sich alles ereignet (in der wir das Eingreifen einer höheren Macht sehen, die von außen, also nicht aus dem Boden des Stücks selbst kommt, um wieder alles zu richten – in der traditionellen Komödie der Bereich des menschlichen Verhaltens, im *Tagebuch* von außerhalb des Verstecks der Familie Frank), diese Form ist die Komödie.

Es ist vielleicht nicht gerade sehr weise, sich die allerunzuverlässigste literarische Form, nämlich das Tagebuch eines pubertierenden Mädchens, als Offenbarung der letzten Weisheiten aufbinden zu lassen. In diesem Fall ist es dazu gekommen, weil wir wissen, daß die Autorin »im richtigen Leben« umgebracht wurde.

Wenn wir einen Augenblick vergessen, daß jemand umgebracht wurde, wird die Form des Stücks gleich deutlicher erkennbar – es ist *Ein Baum wächst in Brooklyn* oder *Das Haus in Montevideo* samt der (im Original) traditionellen Lustspielpointe, ob sie nun

»Wir haben alle ein goldenes Herz« (»ich glaube an das Gute im Menschen«) lautet oder »Tja, ich glaube, wir sind alle nur Menschen, kleine Sünderlein ...«

Es ist ebenso abgeschmackt, dem *Tagebuch* literarische Bedeutung zuzusprechen, wie die zusammengestückelten *menorot* aus den Lagern als entzückende Beispiele von Holzschnitzerei zu würdigen.

Es ist – man kann nicht einmal sagen »ein tieferes Verständnis«, denn verstehen können wir letzten Endes nicht –, aber es ist, glaube ich, die einzig mögliche Haltung, die wir gegenüber diesen Zeugnissen einnehmen können, die einzig erlaubte Beziehung zu ihnen, das *Tagebuch* eingeschlossen: der stille, distanzierte Respekt. Sie gehören nicht der Welt, und sie dürfen nicht zu ihrem »Besitz« werden, und genausowenig dürfen sie als Entertainment in die Dienste der Welt gezwungen werden.

Ich bin einer Meinung mit Cynthia Ozick: Es wäre besser, wenn das Tagebuch verbrannt worden wäre.

Ende der Jagdzeit

New York war natürlich unerträglich. Ich organisierte den Ablauf meines Tages schon nach den Zeitpunkten, an denen es möglich war – gerade noch so möglich – eine Tasse guten Kaffees zu bekommen, ohne die sonst erforderliche halbe Stunde in der Schlange zu stehen.

Aber wessen Schuld außer meiner eigenen war es denn, wenn ich Luxus und Mode (zumindest für den Herbst) einem gesunden Leben in freier Wildbahn vorzog? Beim Schreiben brachte ich praktisch nichts Vernünftiges zustande, und um die Anklage zu vervollständigen: Ich vertrödelte schon wieder einmal eine Jagdsaison.

Die Jagd für Bogenschützen war in Vermont bereits ebenso vorbei wie die Jagd mit der Büchse; und Morris, mein Nachbar auf dem Lande, hatte in den Obstbäumen genau gegenüber von meinem Haus einen kapitalen Bock von 175 Pfund erlegt.

Und ich war gerade fünfzig geworden.

Mein Freund und Jagdgefährte Bob ist vor fünf oder sechs Jahren fünfzig geworden.

Er war und ist am liebsten an der frischen Luft, ein echter Jäger, Trapper und Waldmensch – er hat, so seine Frau, sein fünfzigstes Lebensjahr mit Klagen und voller Stöhnerei über das nahende, drohende Alter verbracht. Aber als die Zeiger der Uhr auf fünfzig sprangen, war er geheilt und nahm klaglos sein unternehmungslustig aktives Leben wieder auf.

Ich hatte mein fünfzigstes Jahr damit verbracht, ihm nachzueifern. Und jetzt war ich fünfzig geworden und war immer noch Sklave des alten Trotts, der Gewohnheit, Faulheit und der städtischen Verweichlichung, während die Jagdzeit zu Ende ging – deshalb mußte ich raus aus der Stadt.

Mir schwebte ein etwas größeres Abenteuer vor als nur ein paar kleine Abstecher über den Gartenzaun, aber so herkuleisch wie eine Fahrt nach Maine sollte es nun auch nicht gerade sein. (In Maine ist die Jagd am Sonntag natürlich verboten, was mir immer wie ein bedauerliches Überbleibsel des »Königshirschs« vorgekommen ist.) Deshalb habe ich mich an Jim Ehlers von Uncle Jammers Guides in Sugarbush, Vermont, gewandt, und er sagte mir, er würde mich in ein fährtenträchtiges Revier im Nordosten schicken, ins *Northeast Kingdom*, und so wollte ich zu den letzten Tagen der Schwarzpulver-Vorderlader-Saison in ebenjenes Königreich fahren.

Ich bin von New York nach Burlington, Vermont geflogen, mit dem Auto nach Plainfield gefahren und dort zum Lunch ins River Run Restaurant gegangen.

Jim Kennedy stand in der Küche. Er machte mir Eier mit Schinken und erinnerte mich daran, daß ich auf den Jagdausflug unbedingt eine Sicherheitsnadel mitnehmen müsse. Wozu? Zum Stochern im Zündloch.

Ein Freund von ihm, so erzählte er, hätte eine Sicherheitsnadel dabeigehabt, die ihm bei einer Jagd mit Vorderladern aus der Patsche half, als das Zündloch seiner Flinte verstopft war. Tolle Idee.

Ich erinnere mich an alte Gewehre aus Pennsylvania, die gleich unter dem Loch für den Ladestock noch ein weiteres Loch hatten, in denen ein langer Federkiel steckte, mit dem man das Zündloch reinigte.

Ich erinnere mich an eine Jagd mit Schwarzpulverschützen im Osten von Texas, wo wir abends in Bill Bagwells Schmiede gesessen und darüber geredet haben, was das Jagen und das Schießen zum idiomatischen Ausdrucksreichtum der Sprache beigetragen haben: »Spätzünder«, »Ladehemmung«, »Blattschuß«, »aufs Korn nehmen«, »vor die Kimme kriegen«, »die Flinte ins Korn werfen«, »am Drücker sein«, »sein Pulver trocken halten«, »sein Pulver (nicht) verschießen«, oder auch nur: »ein Schuß in den Ofen«, von »Rohrkrepierer« (in jeder Beziehung) ganz zu schweigen.

Zumindest für mich, der diese sportlichen Aktivitäten in freier Wildbahn wie Jagen und Fischen eher weniger häufig betreibt, liegt deren Reiz vor allem in der dazugehörigen Ausrüstung und Sprache. Ich schaff's nur ein paar Tage im Jahr an die frische Luft, aber mit unzähligen gleichaltrigen Stubenhockern, die sich ebenfalls dafür begeistern, bin ich immer für ein Buch, einen Katalog über Leben und Treiben in Feld und Wald zu haben (alles ist besser als Golfspielen).

Und nun wurde ich daran erinnert – wie es beim Schwarzpulverschießen allgemein so ist –, daß die einfachste Ausrüstung auch die beste ist, und die beste Ausrüstung war in diesem Falle die Sicherheitsnadel.

Jimmy und ich haben uns noch eine Weile übers Eisfischen unterhalten, dann habe ich gezahlt und bin zu mir gefahren.

Ich bin zu meiner Hütte, um meine Ausrüstung zu holen.

Ich nahm mir meine .58er Hawken und habe sie gereinigt. Ich habe durch den Lauf gepustet, doch der war verstopft. Ich zog am Schmiernippel und sah, daß das Schmieröl im Zündloch hart geworden war, doch da es ein Glückstag war, konnte ich das Zündloch mit einer Sicherheitsnadel reinigen. Ich reinigte den Nippel, reinigte den Lauf, polierte die Bügel und Beschläge, so daß das ganze Ding blitzblank glänzte, und dann bin ich nach draußen gegangen und habe in fünfzig Yards Entfernung meine Zielscheiben aufgestellt.

Eine ganz gute Distanz, weil man (a) im Wald kaum weiter schießen und ich (b) auf die Entfernung auch treffen kann.

Ich befestigte einige rote Schießscheiben, *Targ-A-Dots*, Durchmesser ein halber Zoll, auf der Pappe, und mein erster Schuß ging links zwei Zoll daneben, also verbesserungswürdig. Mit dem zweiten Schuß machte ich dem Targ-A-Dot den Garaus, was mir ein Gefühl gab, das ich nicht mehr gespürt hatte, seit ich zum erstenmal in die City gekommen war, denn die Flinte offenbarte ein Maß an Vergebung, das eindeutig weiblich war.

Da stand ich nun da draußen und erging mich in rhapsodischer Verzückung über die Schwarzpulverflinte, ihre vorzüglichen Eigenschaften, ihr verzeihendes Wesen, ihren ausbleibenden Rückstoß, als die Sonne unterging. Ich reinigte meine Waffe im Schein der Petroleumlampe, kehrte eilig zurück ins Haus, packte viel zuviel an Ausrüstung in meinen Mantelsack und stieg in den Pickup, um nach Sugarbush zu fahren.

Ich erinnerte mich an eine kalte Wintersaison, Ferienzeit in Vermont, mußte mehr als dreißig Jahre her sein. Ich hatte Hunger, war arbeitslos und hörte von einer freien Stelle für einen erfahrenen Bartender im Sugarbush Inn.

Ich machte telefonisch einen Termin für ein Einstellungsgespräch aus. Ich bin in die Bibliothek von Montpelier gegangen, wo ich *Old Mr. Boston's Bartenders Guide* fand, und ich habe das Buch Tag und Nacht studiert, bis zum Datum meines Gesprächs, als mich jener Mensch, auf den ich mich verlassen hatte, daß er mich nach Sugarbush fahren würde, hängen ließ, und so saß ich frierend, hungernd und mosernd den Rest der Winterferien auf dem Trockenen ab.

Eines ist gräßlich, wenn man keinen Oscar gewinnt: Man kann seine Rede nicht loswerden. Sie steckt einem im Hals und schwärt und schwärt.

»Ja«, denkt man, »geht schon klar, daß ich verloren habe. Fairer Wettbewerb, und so sind nun mal die Spielregeln. Aber es muß doch, auch wenn ich verloren haben, eine Möglichkeit geben, aufs Podium zu treten und meine höchst bedeutende philosophische Rede zu halten.«

Aber nein. Und ebensowenig ist es mir je vergönnt gewesen, meine (zugegebenermaßen nur theoretische) herausragende Qualität als Bartender zu zeigen.

Und ich war auch noch nie in Sugarbush gewesen, jenem zeitweiligen Zauberland Oz meiner Jugend. Bis Hyde Park, meinem höchsten Punkt im Norden, war ich schon mal wegen irgendeiner Versteigerung gekommen, und auch in Johnson, im Johnson Woolen Mills Store, war ich schon gewesen, aber nie in Sugarbush.

Nun kam ich im Snow Ridge Inn an. Eine junge

Frau sagte mir, daß alle andern draußen mit ihren Schneemobilen rumkariolten, ich solle meinen Kram einfach in einer Hütte abladen, die Einzelheiten meines Aufenthalts könnten wir später regeln.

Ich glaube, im Schneemobilfahren, zumindest in Vermont, liegt die Geschichte eines ganz spezifischen amerikanischen Triumphs verborgen.

In meiner Jugend, in den turbulenten Sechzigern, standen die Schneemobilfahrer dort oben im Ruf, Rowdies zu sein, gesetzlose Rocker auf dem Eis, die nur auf Besäufnisse und Krawall aus waren, oder was sonst noch so an Vandalismus und Zoff möglich war, wenn man bei vierzig Grad minus in dicke Hüllen und Wülste eingemummelt ist.

Doch ihr Image änderte sich, und es änderte sich durch eine höchst ungewöhnliche Taktik – sie änderten ihr Image, indem sie ihr Verhalten änderten.

Bringt einen schon ins Grübeln.

Diese Imageänderung, geradezu eine Verkehrung ins Gegenteil, dieses Eintreten für Verantwortlichkeit, Sicherheit und gutnachbarschaftliches Verhalten fand, wie ich weiß, weitgehend unter Leitung des *Vermont Snowmobile Club* statt; gegründet hat ihn und sein erster Präsident war Chuck Barnett.

Chuck war lange Zeit Postmeister meines Dorfes in Vermont.

Ich hatte die Ehre, so manchen Morgen mit ihm plaudern zu dürfen, nicht nur übers Wetter, sondern auch über den Wald, den Zustand, ja die Lage der Welt, und wenn das Gespräch mal ins Stocken geriet, über seine auf Waschbären abgerichtete Meute von Jagdhunden, die im Zwinger bei seinem Haus gleich neben dem Postamt untergebracht waren und deren Gebell ständig zu hören war.

Doch wie ich schon sagte, alle waren in ihren Schneemobilen unterwegs, und so bin ich im Pickup zu meiner Hütte gefahren.

Genau richtig. Kein Telefon. Kein Fernsehen. Ungestörtheit pur. Ich war allein.

Ich konnte hineingehen, meine Ausrüstung auspacken, ausbreiten, überprüfen und verzückt anschauen, ich konnte mich ausstrecken und schlafen bis bis zum Sonnenaufgang am nächsten Tag, ich konnte die Fenster aufreißen, keiner Menschenseele zur Rechenschaft verpflichtet. Ich konnte, jedenfalls für den Augenblick, als freier Mann leben.

Ich schleppte mein Gepäck auf die kleine Veranda und machte die Tür auf. Ich sah auf den Boden, und vor meinen Füßen lag ein Zettel: »Sofort Norman Lear anrufen.«

Tja, da hatte ich nun die Kraft aufgebracht, mich aus New York abzusetzen, hatte jetzt aber nicht die Kraft, Norman Lear nicht sofort anzurufen. Er sagte mir, er arbeite an einem Projekt und ich sei der einzige, der die Sache schreiben könne, und machte mich mit weiteren Schmeicheleien so wehrlos, daß ich einen Termin mit ihm vereinbarte, die Woche drauf in New York.

Denn ich war ja, klar, *selbstverständlich* ein Poseur, ein Hochstapler. Wem wollte ich eigentlich was vormachen?

Da außer mir sonst keiner anwesend war, kam ich ziemlich schnell auf die Antwort. Aber war ich andererseits nicht trotzdem dazu berechtigt, auf die Jagd zu gehen?

Ja. Ich verstaute meine Ausrüstung, traf mich mit Jim und Nathan zum Abendessen, und wir machten einen Plan.

Folgenden Plan: Wir wollten uns morgens um halb sechs an der Snow Ridge treffen und dann nach Wenlock fahren, dem Wildrevier in der Nähe von Island Pond. Prima.

Ich bin zum Einkaufen in die Stadt gefahren: Tee, Butter, Eier, Brot, Käse und Schinken.

Dann bin ich zu meiner Hütte zurück und gleich eingeschlafen. Das Radio weckte mich um fünf Uhr früh mit irgendwelcher symphonischen Musik. Ich habe schnell geduscht, bin in die Küche gestürzt, um mir Frühstück zu machen und ein perfektes Sandwich (Eier, Butter, Käse, Brot, Schinken), das ich in mehr als doppelte Wachspapiertüten steckte, um die ich oben, Verschlußsache, ein Gummiband schlang, und dann kamen Jim und Nathan.

Auf das Gummiband setzte ich große Hoffnungen. Es sollte meinen ausgefüllten Jagdnachweis an meinem erlegten Bock befestigen. Es sollte, wie die Sicherheitsnadel, der Talisman sein, der meine Voraussicht anzeigte, ja bezeugte, und somit eine größere Erfolgsaussicht versprach.

Es hat nicht sollen sein.

Ich bin ein schlechter Schütze mit der Flinte und ein unerfahrener, ungeübter (aber fröhlicher) Jäger.

Larry Benoit, der König aller Jäger (*Wie Sie den größten Bock Ihres Lebens zur Strecke bringen*), schreibt – und die Erfahrung beweist, man muß jeden Tag raus auf die Wildbahn –, daß man wissen muß, wie der Wald aussieht, ehe man das großartig getarnte Tier überhaupt erkennen lernt.

Das erinnert mich sehr ans Schreiben. Auch wenn man nur eine Stunde am Tag schreibt, läßt sich diese Stunde doch nicht im voraus planen. Sie kommt vielleicht im Laufe eines Tages, den man mit Lesen oder

Dösen verbracht hat oder sich sonstwie vor der Arbeit drückt, aber ein Schriftsteller muß einfach viel Zeit allein und in Ruhe verbringen, bis er den Unterschied zwischen einer Idee und einer guten Idee zu erkennen fähig ist.

Larry Benoit schreibt auch, um einen Riesenbock zu kriegen, soll man einen normal großen verfolgen, und wenn man zum Schuß kommt, soll man ihn laufen lassen.

Das scheint mir Ähnlichkeit mit Hemingways Rat zu haben: Man schreibe die beste Story, die man kann, und dann werfe man alle guten Sätze weg – der beste Rat, den ich je übers Schreiben gelesen habe.

Und hier sind wir nun im Larry-Benoit-Stammland, da, wo die großen Böcke stehen.

Nathan, James und ich sitzen dichtgedrängt auf dem Vordersitz eines alten Pickups, trinken Kaffee aus riesigen Reisebechern, fahren zwei Stunden hoch ins Wenlock-Wildrevier und reden dabei vom Angeln.

Jim sagt, das Tolle am Angeln sei, daß man dauernd was Neues lernt und daß es auch dauernd was Neues zu lernen gibt. Die beiden verfassen eine Lobrede aufs Eisfischen, und ich wäre am liebsten gleich dazu aufgebrochen.

Wir fahren an Orleans vorbei, und sie reden über die laichenden Forellen, die dort das Wehr überwinden müssen.

Nathan fängt an, von seinem Onkel Dwane zu erzählen, der in Island Pond zu uns stößt; daß der Onkel nämlich *immer* etwas vom Wild lernt, daß er ihm, Nathan, dieses und jenes weitergegeben hat und immer noch weitergibt und daß noch so viel zu lernen bleibt. Das ist eine überall anzutreffende und, für mich, eine belebende, lehrreiche und dankenswerte Eigenschaft von Leuten, die sich viel in der freien Natur bewegen – ihre Ehrfurcht vor Wissen und ihr Verständnis, daß Wissen nicht aus dem Ich gewonnen wird, sondern aus der Welt, die sie umgibt (und wenn ich philosophisch werde, sollte ich lieber zum Eisfischen gehen, um mich etwas abzukühlen).

Wir treffen uns mit Dwane in Island Pond. Wieder Kaffee. Aus irgendeinem Grunde kommen wir im Gespräch aufs Reisen. Dwane war viel unterwegs. Womit, frage ich; und es stellt sich heraus, daß er in Antiquitäten macht. Er macht nicht nur in Antiquitäten, er ist auch, wie Nathan, verwandt mit dem inzwischen verstorbenen Albert May – DER MANN MIT DEM DERBYHUT – aus Molly's Pond, Vermont.

Damals, Mitte der sechziger Jahre, bin ich regelmäßig zu Alberts Auktionen an Samstagabenden gegangen.

Er war der Inbegriff des Entertainers, er kannte sein Material, er kannte sein Publikum, er stand gern da oben, und deswegen hat das Publikum ihn auch so gern gehabt.

Er versteigerte einen Sack Wäscheklammern und sagte dann, er habe noch »eine allerletzte«, und als er die verkauft hatte, tat er ganz überrascht, daß anscheinend doch noch eine übrig war. Und so ging das eine Stunde lang.

Dwane erzählte, einmal sei ein Hippie aus dem College gleich nebenan zur Auktion gekommen; und weil der Hippie keinen Stuhl gefunden habe, sei der Bursche in einen Baum vor der Auktionshalle geklettert, wo er es sich bequem gemacht habe. Na schön, aber er hatte natürlich die üblichen Klamotten seiner Sippschaft, seiner Zeit an. Es waren praktisch Fetzen, und aus einem Riß in seinen Jeans baumelten die Genitalien.

Albert hat den Burschen erspäht und den Leuten anvertraut, er wisse zwar viel, doch es sei ihm ein Rätsel der Natur, wie früh die Eichhörnchen Nüsse in den Bäumen deponierten.

Es war noch früh am Tag, es war noch nicht einmal hell. Wir bestellten mehr Kaffee und haben uns über die Versteigerungen alter Anwesen unterhalten, die Auflösung alter Farmen, das Antiquitätengeschäft.

(Ich habe einmal eine .32er Winchester Low Wall aus dem ersten Produktionsjahrgang [1885] für fünfundzwanzig Dollar gefunden, leicht angerostet, aber ansonsten piekfein gepflegt.)

Ich ließ sie vom Hause Orvis auf Vordermann bringen, die haben den Metallmantel in neuem Glanz erstrahlen lassen (der Lauf war innen tadellos) und das Holz aufgefrischt. Schöne kleine Flinte.

In den Kolbenfuß hatte ein früherer Besitzer seine Initialen gekerbt: C. K. Nachdem ich das Gewehr von Orvis zurück hatte, hing es kurze Zeit direkt über meinem Schreibtisch, bis eines Tages mein guter Freund und Jagdkumpan Chris Kaldor reingeschneit kam und die Waffe von der Wand nahm, um sie sich genauer anzusehen. Er und ich, wir haben beide gleichzeitig die Initialen erkannt. Chris, Gentleman, der er ist, gab mir das Gewehr zurück, machte ein paar Bemerkungen übers Wetter, und in der nächsten Woche, nach außergewöhnlich schweren Gewissenserforschungen meinerseits, ist die Winchester Low Wall da gelandet, wo sie ihrer offensichtlichen Bestimmung nach hingehörte.

Dwane sagte, die glorreichen Tage der Farmauktionen seien vorüber; wenn überhaupt, gäb's Schätze nur noch bei Verkäufen zu finden, wo es um den Nachlaß aus Eigentumswohnungen ging – in Vermont, aber wahrscheinlicher eher in Florida, wo die Alten alle hinzogen.

Eines hatte ich immer wissen wollen, und das fragte ich ihn jetzt: Wie kommt es, daß alle wirklich großen Stücke einer Auktion immer am Auktionator vorbei verkauft werden? Er sagte, das nun sei die große Kunst im Auktionsgewerbe – der Händler, der von den Haushaltseignern den Auftrag erhalten wolle, müsse einen Spagat anstreben, ein Gleichgewicht, das Sahnehäubchen für sich zu behalten und doch ausreichend Interesse zu wecken, um Käufer anzulocken; somit liege die große Kunst des Auktionators weitgehend in der ersten Verhandlung, die tatsächliche Auktion sei sozusagen nur ein Nebenkriegsschauplatz, um das Haus auszuräumen.

Die ganze Geschichte kam mir ganz so vor wie das Filmgeschäft.

Aber dann hatten wir genug Kaffee getrunken, und von nun an ging's bergauf.

Wir fanden die Holzfällerstraße, die Dwane und Jim ausgeguckt hatten, und wir stießen auf die Fährte eines Hirschbocks.

Mir wurde die Führung anvertraut, und ich packte alles, was ich an nutzloser Ausrüstung bei mir hatte, in meine Gürteltaschen und meinen Rucksack. Dwane meinte, kein Stück Wild werde so lange warten, bis ich mich endlich ausstaffiert hätte, und ich konnte mich der Logik seines Standpunkts nur anschließen, als ich zusehen mußte, wie mir meine Flinte in den Händen auseinanderfiel.

»Funktioniert stets wie geschmiert, nur heute nicht«, lautet der alte Satz.

Der Keil, der den Lauf im Schaft festhält und der sich ohne meine ausdrückliche Einwirkung jahrzehntelang nicht vom Fleck gerührt hatte, fiel aus meinem Gewehr direkt in den Schnee.

Nun gut, wir haben ihn gefunden und mit dem Griff eines Messers wieder in seine richtige Position geklopft, und ich war abmarschbereit, doch da rissen die Lederriemen, die meinen Rucksack mit den trickreichen Schultergurten verbinden, und das Ding plumpste in den Schnee.

Der Rucksack war hinüber, also füllte ich Pulver und Kugeln in zwei Plastik-Schnellader um, verstaute diese, eine ganze Packung Zündhütchen, meinen dritten Ersatzkompaß und einen Schokoriegel in den verschiedenen Taschen meines alten roten Johnson-Mantels und nickte meinen ebenfalls bereiten Jagdkumpanen zu.

Treffpunkt hier in vier Stunden, sagte Jim. Die Straße führt nach Norden und Süden, du steigst in die Berge. Nach Westen. Kommst zurück zur Straße. Brauchst nur nach Osten zu gehen.

Hervorragend. Hoch ging's für mich in die Berge auf der Fährte des Hirschs im Schnee.

Der hatte sich mal hierhin, mal dahin geschlagen, schließlich wieder nach Osten, zurück auf die Straße, der er eine Zeitlang gefolgt war, und dann war er runter ins tiefer gelegene flache Land gesprungen. Er spielte mit mir, zog alle Register. Er stieß auf eine alte Fährte und folgte ihr, er wechselte von einer alten Fährte in eine andere und sprang eine kleine Anhöhe hinunter, ohne *jede* Eile – er wußte einen City Boy auf seinen Fersen, und so war seine Flucht eine zwar notwendige, aber ihn nicht fordernde akademische Übung.

Mein Vormittag war ein bißchen anstrengender. Der Hirsch schickte mich kreuz und quer, auf und ab, über die Straße und den Berg hoch, und dann war es Mittag, ich hatte seine Fährte mehr als vier Stunden verfolgt, ich war schweißgebadet und klatschnaß, und mir war kalt.

Mir zitterten die Beine, als ich den Berg runterging. An der Straße angekommen, habe ich mehr geraten, daß der Truck links von mir stehen müsse, und so bin ich links runtergegangen.

Nathan war schon da, und wir haben uns mein Sandwich geteilt, das er für vorzüglich erklärte.

Zum Lunch fuhren wir zurück nach Island Pond.

Ich habe mich umgezogen und bin in meine seidene Unterwäsche geschlüpft, die ich (ungefähr als das einzige Zeichen meines jägerischen Spürsinns) zum Wechseln mitgebracht hatte. Hemd und Mantel waren völlig durchweicht.

Ich bin in den Waffenladen nebenan gegangen, habe mir eine grün-schwarze kurze Johnson-Jacke sowie ein Hemd derselben Marke gekauft und war ziemlich froh, daß ich nicht mehr fror und mir wieder warm wurde. Ich bin zurück ins Café und habe meinen schweißgetränkten langen roten Mantel zum Trocknen aufgehängt.

Ich liebe diesen Mantel. Ich habe in ihm, mit ihm und unter ihm verbriefte zwanzig Jahre verbracht, ob nun arbeitend, spazierend, schlafend oder jagend, doch bei der Pirsch auf einen Hirsch erweist er sich immer als zu schwer. Er ist prima, wenn man auf einem kalten Hochstand hockt, aber er ist zu warm und zu lang, wenn man sich in Bewegung setzen muß, und er hat zu viele Taschen, in die ich zu viele nutzlose Kinkerlitzchen gesteckt hatte. Tja, ich nehme an, diese Lektion hatte ich immer noch nicht ganz gelernt.

James schlug einen Ortswechsel vor. (Ich glaube, mein körperlicher Zustand veranlaßte ihn dazu.) Er sagte, er kenne eine gute Stelle, wo man gegen Sonnenuntergang auf einen Hirsch ansitze könne.

Also sind wir wieder in den Pickup, und in den zwei Stunden Rückfahrt nach Sugarbush habe ich den tiefsten Schlaf meines Lebens getan.

Die Sonne wollte gerade untergehen, es blieb uns noch eine zusätzliche halbe Stunde der gesetzlichen Jagdzeit. Wir stapften durch ein Feld mit hüfthohem Schnee. Dann ging der Mond auf.

John wies mir meinen Platz in der Ecke des Feldes zu. Da hockte ich die letzte halbe Stunde still wie ein Klotz und sah nichts. Wir gingen im Dunkeln zurück zum Pickup.

Im Sugarbush Inn gönnten wir uns einen Bourbon. Ich bin zurück in meine Hütte und habe vierzehn Stunden geschlafen.

Am nächsten Tag sind wir in und um Johnson auf die Jagd gegangen.

Es war kalt geworden, und Graupelschauer fegten querfeldein.

Wir befanden uns in einem ziemlich ebenen Landstrich, und Jim sagte, das Wild stehe höchstwahrscheinlich rund um einen nicht mehr genutzten Obstgarten, den er genau kannte.

Er marschierte mit Nathan ins Gehölz, um die Tiere aufzuscheuchen, und mich ließen sie zwischen und weit hinter sich gehen, was heißt, sie wollten mir das Wild direkt vor die Füße treiben.

Die Rotwildjagd im dichten Wald in einem Schneesturm gehört zu meinen schönsten, meinen glücklichsten Erfahrungen. Ich habe mich dabei so sauwohl gefühlt, daß ich das Wild völlig übersah.

Es wechselte direkt vor meiner Nase, zwanzig Yards entfernt, auf die andere Seite.

Wir haben die Fährte wieder aufgenommen, sind dem Wild mehrere Stunden auf der Spur geblieben, und dann war ich ausgespielt. Es blieb noch eine halbe Stunde Jagdzeit. Wir sind wieder in den Wald, ich machte halt am Rande einer kleinen Lichtung, die Sonne kam hervor. Ich saß einfach da, entzückt.

Was für eine erfolgreiche Jagd.

Ich war ein paar Tage gutgelaunt obenauf und sagte mir, keine schlechte Leistung für einen liederlichen Stadtmenschen mit einem Schreibtischjob. Ich trank in Sugarbush guten Bourbon und erinnerte mich an den kalten Winter vor dreißig Jahren.

Drei Tage nacheinander schlief ich Punkt acht Uhr abends ein und wurde daran erinnert, wie schön es ist, gut schlafen zu können. Ich hatte Zeit ganz für mich. Eine sehr gute Art, den Übergang zu feiern, meinen fünfzigsten Geburtstag.

James, Nathan und ich haben auf einen Baumstumpf gefeuert, etwa dreißig Yards entfernt, um die Flinten zu leeren. Ich bin nach Hause gefahren, habe die Hawken gereinigt, sie in die Hütte gehängt und bin zurück nach New York geflogen.

Als Jäger bin ich natürlich der reinste Blender, ein Hochstapler. Aber es war ein verdammt guter Urlaub.